Elizabeth McNeill

9 e 1/2 Semanas de Amor

São Paulo
2013

UNIVERSO DOS LIVROS

Diretor editorial: **Luis Matos**
Editora-chefe: **Marcia Batista**
Assistentes editoriais: **Raíça Augusto e Raquel Nakasone**
Tradução: **Isadora Prospero**
Preparação: **Bárbara Prince**
Revisão: **Ana Luiza Candido e Louise Bonassi**
Arte: **Francine C. Silva e Valdinei Gomes**
Capa: **Zuleika Iamashita**

Dados Internacionais de Catalogação na Publicação (CIP)
Angélica Ilacqua CRB-8/7057

M146n

McNeill, Elizabeth
9 e ½ semanas de amor / Elizabeth McNeill; tradução de Isadora Próspero. – São Paulo: Universo dos Livros, 2013.
152 p.

ISBN: 978-85-7930-540-5
Título original: Nine and a Half Weeks

1. Literatura americana 2. Romance Erótico I. Título
II. Próspero, Isadora

13-0650 CDD 813.6

Universo dos Livros Editora Ltda.
Rua do Bosque, 1589 – Bloco 2 – Conj. 603/606
CEP 01136-001 – Barra Funda – São Paulo/SP
Telefone/Fax: (11) 3392-3336
www.universodoslivros.com.br
e-mail: editor@universodoslivros.com.br
Siga-nos no Twitter: @univdoslivros

Para HB e HR: muito obrigada.

Prefácio

"Na primeira vez em que estávamos na cama juntos, ele segurou minhas mãos acima da minha cabeça."

A primeira frase já vai direto ao assunto, tão rápida e eficiente que, ao final da sentença, o jogo da sedução essencialmente já chegou ao fim. Como nossa narradora, sabemos qual será o resultado dessa história. E embora o futuro dela não seja inteiramente transparente, de algum modo intuímos que esse romance não vai acabar bem.

Nossos pressentimentos, e também o interesse e entusiasmo, aumentam à medida que nossa heroína friamente narra os estágios cada vez mais quentes do seu caso de amor. Na segunda vez em que ela e o amante estão juntos, ele pergunta se pode vendá-la. Na terceira vez, ele a leva à beira do orgasmo e a faz implorar. Na quarta vez, "ele usou a mesma echarpe para amarrar meus pulsos. Na manhã seguinte, enviou treze rosas ao meu escritório". Ao fim desse prelúdio telegráfico, nós, como a escritora, já estamos conquistados, e nos perguntamos quão longe vai essa história e o quanto dela nos será revelado.

Já se passaram quase trinta anos da publicação, em 1978[1], do livro de memórias *9 e ½ semanas de amor*, de Elizabeth McNeill (este é um pseudônimo). O livro causou enorme sensação, muito mais do que seria esperado, dado que a chamada revolução sexual já havia ocorrido há uma década.

Eu acho que o choque gerado pela publicação deveu-se, em parte, ao fato de que a linha entre pornografia e memórias sérias ainda não tinha sido tão embaçada quanto é hoje. Pois foi só no começo do século XXI que escritores e escritoras pareceram competir para testar os limites e assumir os riscos da autorrevelação – para confessar, ao público leitor, detalhes cada vez mais íntimos sobre incesto, abuso infantil e práticas sexuais não usuais.

Antes disso havia, é claro, Henry Miller, cujo trabalho, como o de Joyce e Nabokov, originou um escândalo que culminou em um julgamento por obscenidade. Mas esses escritores – como Frank Harris e seus colegas memorialistas da vida secreta – eram (nem preciso dizer) homens. Havia romances reveladores, comerciais e piegas, escritos por mulheres, como *A aliciadora feliz*, de Xaviera Hollander; pornografia literária, como *A história de O*; e os diários de Anaïs Nin, nos quais ela recontava seus amores com uma espécie de lirismo sincero que poucos teriam considerado erótico. Nin certificou-se de que o leitor soubesse que ela fazia muitas coisas – realizava análise, se relacionava com literatos, escrevia! – que para ela eram bem mais importantes do que sexo.

9 e ½ semanas de amor, por outro lado, é intensa e inteiramente focado no que acontece entre um homem e uma mulher, em geral em uma cama, e durante cerca de dois meses, quando tudo mais deixou de importar. Foi escrito (ao menos era o que convincentemente se dizia) por uma mulher que era tudo menos uma aliciadora feliz. E, como um livro "Henry Robbins", apareceu sob o selo distinto de um editor altamente respeitado, cujo catálogo incluía John Irving, Joyce Carol Oates e Isaac Bashevis Singer.

1 O prefácio foi escrito em 2008. (N.E.)

Mas o que contribuiu ainda mais para a notoriedade do livro foi o fato de ele ter surgido ao fim de uma era na qual as feministas lutaram por muitas coisas – poder, controle, autonomia, autoativação – às quais a narradora de *9 e ½ semanas de amor* alegremente renuncia alguns dias depois de embarcar em um caso com um homem que conheceu em uma feira de rua no centro de Manhattan. O que torna a ironia mais mordaz é que a narradora é, pelo menos na superfície, uma Nova Mulher, que aproveita todas as vantagens pelas quais suas irmãs ativistas lutaram. "Uma mulher de negócios articulada, prezada pelos amigos, valorizada pelos superiores", ela tem clientes, responsabilidades, "minha própria pasta, minha bolsa de verão, saltos altos, batom e cabelo recém-lavado". Ela é instruída, viajada, sexualmente sofisticada – resumindo, abençoada com todos os privilégios de uma jovem mulher profissional de classe média, solteira, em Nova York. Mas o que ela quer? Uma vez que conhece o Príncipe Encantado, para sua surpresa, rapidamente descobre que deseja ser algemada, espancada, humilhada, tratada como um bebê incapaz de cuidar de suas necessidades mais básicas.

Em um capítulo que resume o que, na verdade, é um dos aspectos menos perturbadores do relacionamento, McNeill explora a abordagem do casal em relação à divisão de trabalho. Sob o título "O que ele fazia", ela nos informa que ele "me alimentava. Comprava toda a comida, cozinhava todas as refeições, lavava todos os pratos". Ele a vestia e despia, levava seus sapatos ao sapateiro, lia para ela, lavava, secava e penteava seu cabelo com a mesma escova cara que usava para espancá-la, comprava e inseria os seus absorventes, preparava seu banho, removia sua maquiagem. E sob o título "O que eu fazia", há uma única palavra: "nada". Mas, como logo ficamos sabendo, isso não era exatamente verdade. Ela fazia mais do que "nada". Ela engatinhava pelo chão, fazia poses sugestivas sobre o colchão da loja de departamentos e, vestida como homem, usava uma faca para assaltar um desconhecido simplesmente porque seu amante mandara. E durante tudo isso se deleitava com sua vida dupla: “Ao longo de todo o período, as regras diurnas da minha vida continuaram como antes: eu era independente, eu me sustentava [...], tomava minhas próprias decisões e fazia minhas escolhas. As regras noturnas decretaram que eu era impotente, dependente, totalmente cuidada por outro. Nenhuma decisão era esperada de mim; eu não tinha responsabilidades. Não tinha escolhas. Eu amava aquilo”.

O que fez *9 e ½ semanas de amor* parecer tão revolucionário – ou contrarrevolucionário, dependendo do ponto de vista – foi a afirmação, a voz firme da experiência, com a qual testemunhava que, sob certas circunstâncias, e em certas psiques, o sexo predomina não só sobre a política, mas sobre tudo.

Um quarto de século mais tarde, estamos acostumados com memórias que descrevem os horrores cometidos pelos poderosos contra os indefesos. Admitimos que as nossas emoções e sexualidade podem perverter nossos princípios e ética. Os acessórios fetichistas do sadomasoquismo passaram do submundo sexual às páginas brilhantes de revistas de moda. E o livro de McNeill sobreviveu – esperamos – à sua associação com o filme vulgar e reducionista estrelando Mickey Rourke e Kim Basinger, com o qual compartilha pouco mais que o título e contornos da trama. É claro que muita coisa mudou com o passar dos anos. Então por que esse relato de um relacionamento sadomasoquista consensual entre dois adultos ainda tem o poder de nos transtornar?

Eu diria que isso se deve à habilidade com a qual a obra foi escrita, a ilusória facilidade com que combina as técnicas da ficção e a autoridade do livro de memórias. A obra foi publicada apenas dois anos depois que *Fique quieta, por favor*, de Raymond Carver, introduziu uma nova voz na literatura – as frases curtas, reduzidas, diretas, no tempo presente, que caracterizaram o que veio a ser chamado de minimalismo. Mas é esse o estilo e a voz com a qual a memória de McNeill é contada. Apareceu nove anos antes que

Bright Lights, Big City, de Jay McInerney, empregasse o mesmo tom para capturar os ritmos do meio urbano descontente, mas esse (embora sem as drogas e as altas horas) é o estrato social em que se passa o relato de McNeill. Minimizado, elíptico, enxuto, *9 e ½ semanas de amor* quase poderia ser considerada a primeira memória minimalista. Mas, ao contrário de tantos escritores de sua era, que infundiram seu trabalho com a melancolia de desejos amorosos não correspondidos, McNeill entendeu que Eros faz uma proposta mais atraente e duradoura pela nossa atenção.

A linguagem dessas memórias foge das respirações ofegantes, dos corpetes rasgados, do falso lirismo do romance, do clichê familiar e risível da pornografia convencional. Sensações e emoções são contadas casualmente, em um estilo quase jornalístico, que se mantém próximo aos fatos e eventos: uma narrativa simples e direta.

Este livro é um modelo da arte de ocultar informações. O que nos conta sobre o amante acaba sendo tão pouco revelador quanto o catálogo de detalhes sobre seu guarda-roupa – as cores, estilo e confecção de suas camisas e calças – que ela descobre na primeira vez que vasculha seu quarto. Ele nunca recebe um nome, sendo descrito pelo pronome "ele", como se fosse o único "ele" – em outras palavras, como se fosse o único homem no mundo. Ficamos sabendo que o flat dela, praticamente abandonado, é um repositório de suvenires e lembranças, entulhado com os detritos coloridos de uma vida complexa; mas, com o foco no sexo e no sadomasoquismo, o tempo que o casal passa junto se torna vazio e descaracterizado como a decoração do apartamento dele. As amizades dele parecem misteriosas, até sinistras, e a amiga com a qual a narradora faz sua fatídica visita à feira de rua desaparece das páginas tão logo aparece o amante.

Sabemos o que o amante de McNeill cozinha, o que ele lê, onde faz compras, mas há poucos detalhes sobre o trabalho dos dois, sobre seu passado, sobre o tempo – além do fato de ser verão – ou sobre a vida da cidade que supostamente transpira ao redor deles. Não há julgamento, inibição, nenhuma busca por razões ou explicações, nenhuma reflexão (a heroína nunca tem uma visão ampla sobre sua condição), nenhuma psicologia fácil ou especulação casual sobre quais experiências ou aprendizados da infância poderiam tê-los disposto a querer esse tipo de relacionamento. McNeill não vê sentido em reconhecer as reservas e dúvidas razoáveis de um leitor médio que teria decidido, muito cedo, que esse cara era um mau agouro.

Com suas exclusões e omissões, e com sua intensidade quase incessante, o livro recria a atmosfera sufocante e claustrofóbica que impregna este caso de amor, a falta de qualquer realidade objetiva fora do seu romance. Ler esta história é sentir que todo o oxigênio está sendo bombeado para fora do recinto.

A estrutura é simples, envolvente e cheia de suspense – as coisas pioram cada vez mais. Isto é, assistimos a narradora descender a estágios de humilhação e mortificação que se intensificam, perdendo cada vez mais sua individualidade, permitindo que seu senso moral e toda a sua noção de si sejam soterrados por seu próprio desejo e pelos caprichos cada vez mais abusivos e degradantes do seu amante. Há um incidente envolvendo um massagista, e uma sessão com uma profissional recrutada para transformar a narradora no simulacro de uma prostituta barata; improvavelmente vestida com uma peruca e uma minissaia de vinil, a "articulada mulher de negócios" é forçada a admitir que o prazer que dá a seu amante poderia ser proporcionado por qualquer mulher com um mínimo de desenvoltura e experiência sexual. Mas o assalto que o amante ordena é sem dúvida o incidente mais angustiante, pois nesse caso envolve um desconhecido inocente e aterrorizado que não conhece as regras do jogo.

Em um raro momento de reflexão, McNeill considera a possibilidade de que o caso possa estar cada vez mais fora de controle, até que sente que precisa ser assassinada, e seu amante sente uma compulsão igualmente forte de matá-la. Mas só quando ela vê seu próprio sangue, derramado enquanto fazem amor, algum vestígio de autopreservação triunfa sobre o poder da compulsão e necessidade, e precipita uma crise de choro incontrolável. Alarmado (embora só possamos imaginar sua preocupação), o amante da narradora a leva ao hospital. McNeill conta, com seu típico jeito eufemístico, que o que se segue – e termina o caso – é um "período de tratamento que durou alguns meses".

O que é mais surpreendente e inesperado, e o que constitui a verdadeira realização do livro, é que, à sua conclusão, essa narrativa de paixão extrema e patológica começa a parecer uma metáfora para os extremos aos quais qualquer paixão pode nos levar. Parece-nos menos um estudo de caso clínico do que o que pretende ser – as "memórias de um caso de amor". A descoberta extasiada, a absorção mútua, o apagamento gradual do mundo exterior, o retorno eventual e relutante à normalidade são experimentados por quem está em meio a qualquer romance intenso, por mais "saudável" e "normal" que seja. Tão pungente agora quanto na época em que foi publicado pela primeira vez, *9 e ½ semanas de amor* é simultaneamente não apologético e um alerta sobre a facilidade com que a intoxicação do amor e do sexo pode mudar nossa visão de nós mesmos, e nos forçar a ver, de modo totalmente diverso, a pessoa que tão inocente e estupidamente imaginávamos ser.

Francine Prose

9 E ½ SEMANAS DE AMOR

Na primeira vez em que estávamos na cama juntos, ele segurou minhas mãos acima da minha cabeça. Eu gostei. Gostei dele. Ele era mal-humorado de um jeito que me pareceu romântico; era engraçado, inteligente, interessante e me dava prazer.

Na segunda vez, ele apanhou minha echarpe do chão, onde eu a tinha deixado cair quando me despia, sorriu e disse:

– Posso vendar seus olhos?

Ninguém tinha me vendado na cama antes, e eu gostei. Gostei dele ainda mais do que na primeira noite. Logo depois, enquanto escovava os dentes, eu não podia parar de sorrir. Tinha encontrado um amante extraordinariamente habilidoso.

Na terceira vez, ele me levou várias vezes à beira do orgasmo. Quando mais uma vez eu já não me aguentava, ele parou de novo. Ouvi minha voz incorpórea sobre a cama, implorando que ele continuasse. Ele aquiesceu. Eu estava começando a me apaixonar.

Na quarta vez, quando eu estava obviamente excitada, ele usou a mesma echarpe para amarrar meus pulsos. Na manhã seguinte, enviou treze rosas ao meu escritório.

É domingo, perto do fim de maio. Estou passando a tarde com uma amiga que há um ano deixou a empresa em que trabalho. Para nossa surpresa, desde então estamos nos vendo mais do que quando trabalhávamos no mesmo escritório. Ela mora no centro da cidade e há uma feira de rua no seu bairro. Estamos andando, parando, conversando e comendo. Ela comprou uma caixinha de prata, batida mas muito bonita, em um dos estandes que vendem roupas velhas, livros velhos, quinquilharias marcadas como "antiguidades" e pinturas enormes de mulheres tristes, com tinta acrílica incrustada ao redor de suas bocas rosadas.

Estou tentando decidir se volto meio quarteirão até o estande onde toquei um xale de renda que minha amiga declarou estar encardido.

– Estava encardido mesmo – eu digo bem alto às costas dela, que está um pouco à minha frente, e torço para ser ouvida acima da agitação. – Mas você não consegue imaginá-lo lavado e costurado...

Ela olha por cima do ombro, faz uma concha em uma orelha com a mão direita e aponta para uma mulher num terno masculino muito grande que está tocando com ardor um conjunto de bateria. Revira os olhos e vai para o outro lado.

– Lavado e consertado! – eu grito. – Você não consegue imaginá-lo limpo? Acho que eu devia voltar e comprar, é promissor...

– Melhor fazer isso, então – diz uma voz perto da minha orelha esquerda –, e rápido. Alguém vai comprar e lavar aquilo antes que ela te ouça nesse barulho.

Eu me volto e lanço um olhar irritado ao homem atrás de mim. Em seguida, olho para frente outra vez e tento alcançar minha amiga. Mas estou literalmente presa. A multidão passou de uma caminhada lenta à total falta de movimento. Bem na minha frente estão três crianças com menos de seis anos, todas segurando sorvetes italianos escorrendo; a mulher à direita agita um falafel com um ânimo perigoso; um guitarrista se juntou à baterista e o público está cativado, imóvel com comida, ar fresco e boa vontade.

– É uma feira de rua, a primeira da estação – diz a voz à minha orelha esquerda. – As pessoas aqui falam com estranhos; se não, por que viriam? Ainda acho que você devia pegar, o que quer que seja.

Apesar de o sol brilhar, o dia não está quente, mas ameno; o céu está reluzindo, o ar tão limpo quanto estaria sobre uma pequena cidade de Minnesota; a criança do meio à minha frente acabou de dar uma lambida no sorvete de cada um dos amigos; essa tem que ser a tarde de domingo mais agradável que já vi.

– Só um xale encardido – digo –, nada de mais. Mas é um trabalho delicado, feito à mão, e só quatro dólares, o preço de um filme. Acho que vou comprar, afinal.

Mas agora não há para onde ir. Estamos em pé, um em frente ao outro, e sorrimos. Ele não está usando óculos de sol e pisca quando abaixa os olhos para mim; seu cabelo cai sobre a testa. O rosto dele fica atraente quando fala, mais ainda quando sorri; ele provavelmente sai péssimo nas fotos, eu penso, pelo menos se insiste em ficar sério na frente da câmera. Está usando uma camisa velha rosa claro, com as mangas arregaçadas; as calças cáqui estão folgadas – imagino que não seja gay (o caimento das calças é um dos únicos jeitos restantes, mesmo que nem sempre confiável, de descobrir) – e tênis sem meias.

– Volto com você – ele diz. – Você não vai perder sua amiga, toda essa confusão só dura uns dois quarteirões. Cedo ou tarde vocês se encontram. A não ser que ela decida deixar toda a área, claro.

– Ela não vai fazer isso – eu digo. – Mora por aqui.

Ele começa a abrir caminho para o lugar de onde viemos e diz, por cima do ombro:

– Eu também. Meu nome é…

Hoje é quinta. Comemos fora domingo e segunda, no meu apartamento na terça, e quarta comemos frios do Zabar's numa festa de um colega meu. Esta noite ele está fazendo o jantar no apartamento dele. Estamos na cozinha, conversando enquanto ele prepara uma salada. Ele recusou minhas ofertas de ajuda, serviu uma taça de vinho para cada um, e acaba de me perguntar se tenho irmãos ou irmãs, quando o telefone o interrompe.

– Bem, não – ele diz. – Não, hoje não dá pra mim, sério. Não, estou te dizendo, essa merda pode esperar até amanhã...

Há um longo silêncio enquanto ele me faz uma careta e balança a cabeça. Finalmente, ele explode:

– Meu Deus! *Tá bom*, vem. Mas só duas horas. Juro, se você não tiver acabado em duas horas, que se dane, tenho planos pra hoje à noite... Esse *imbecil*! – ele resmunga para mim, irritado e encabulado. – Queria que sumisse da minha vida. É um cara legal pra se tomar uma cerveja, mas não tem nada em comum comigo, tirando que jogamos tênis no mesmo lugar e trabalhamos pra mesma firma, onde ele sempre fica atrasado e daí precisa de um intensivão pra fazer a lição de casa; parece a escola! Ele não é muito esperto e não tem coragem nenhuma. Está vindo às oito; é a mesma coisa de sempre, umas coisas que ele devia ter feito duas semanas atrás e agora entrou em pânico. Desculpa. Mas nós vamos ficar no quarto e você pode assistir TV aqui.

– Prefiro ir pra casa – eu digo.

– Não prefere, não – ele diz. – Não vá pra casa, era disso que eu estava com medo. Olha, nós comemos, você faz alguma coisa por duas horas, liga pra sua mãe, o que quiser, e ainda vamos ter uma noite legal depois que ele for embora, vão ser só dez horas. Ok?

– Normalmente não ligo pra minha mãe quando tenho que matar duas horas – eu digo. – Pra começar, odeio a ideia de matar duas horas. Queria ter algum trabalho comigo...

– Pode escolher o que quiser, fique à vontade – ele diz, avidamente me estendendo sua pasta e me fazendo rir.

– Tá bom – respondo. – Vou encontrar algo pra ler. Mas *eu* vou pro quarto e nem quero que seu amigo saiba que estou aqui. Se ele ainda estiver aqui às dez vou sair montada numa vassoura com um lençol na cabeça, fazendo gestos obscenos.

– Ótimo! – o rosto dele se ilumina. – Eu levo a TV pra lá de qualquer modo, caso você fique entediada. E depois do jantar corro pra banca no próximo quarteirão e te trago um monte de revistas, pra você procurar os gestos obscenos que não consegue pensar sozinha.

– Obrigada – digo, e ele sorri.

Depois da salada e de um filé, tomamos café na sala, sentados um ao lado do outro num sofá fundo de algodão azul, desbotado até quase virar cinza nos braços e desgastado ao longo das costuras.

– O que você *faz* com o café?

– Faço? – ele repete, perplexo. – Nada, faço na cafeteira. Não está bom?

– Escuta – eu digo –, ignoro as revistas se você pegar pra mim aquele Gide de capa branca, na prateleira da esquerda na sala de jantar. A lombada chamou minha atenção. Aquele homem sempre foi bastante obsceno pra mim.

Mas quando ele puxa o livro, vejo que está em francês. E o Kafka, que caiu quando ele moveu o Gide, está em alemão.

– Deixa pra lá – eu digo. – Você teria *As mágoas de Belinda*? Melhor ainda, que tal *Paixões de uma noite tempestuosa*?

– Desculpa – ele diz. – Acho que não tenho nenhum deles.

Seu tom de voz cuidadoso e desconfortável me irrita ainda mais.

– *Guerra e Paz*, então – eu digo, para irritá-lo. – Naquela tradução primorosa e raríssima em japonês.

Ele deposita na mesa os dois livros que estava segurando e coloca o braço ao meu redor.

– Querida...

– E – eu digo, numa voz tão mesquinha e desagradável quanto me sinto – é um pouco prematuro me chamar de querida, não é? A gente se conhece há um total de noventa e seis horas.

Ele me puxa para perto e me abraça forte.

– Olha, não posso nem dizer o quanto estou arrependido. Isso é completamente improvisado, mal pensado... Vou desmarcar.

Assim que ele se vira para o telefone eu me sinto ridícula. Limpo a garganta, engulo e digo:

– Deixa pra lá. Vou precisar de umas duas horas só pra ler o jornal, e se você me der uns papéis escrevo uma carta que estou devendo há meses, vai ser bom pra minha consciência. Vou precisar de uma caneta também.

Ele sorri, aliviado. Vai até uma grande mesa de carvalho no outro canto da sala e volta com um bloco com um centímetro de espessura de um papel bonito, cor de creme. Ele me dá uma caneta-tinteiro que tira do bolso interno do terno e arrasta a TV para dentro do quarto.

– Espero mesmo que você não se incomode muito – ele diz. – Isso não vai acontecer de novo.

Não consigo adivinhar se ele vai mesmo manter a promessa.

Quando o interfone toca, estou acomodada na cama dele, encostada em um dos travesseiros que pus contra a parede, meus joelhos dobrados, e com sua grossa caneta, sólida e confortável, na mão. Ouço dois homens se cumprimentarem, mas quando eles começam a conversar não consigo distinguir as palavras.

Escrevo a carta ("... conheci um homem alguns dias atrás, começou bem, bem diferente do Gerry, que está felicíssimo com a Harriet ultimamente, você se lembra dela..."), leio o *Times* por cima, vejo meu horóscopo no *Post*: "Teorias serão facilmente explicadas, desconsideradas porque todos sabem quais são. Mantenha as primeiras horas do dia livres para compras urgentes". Só uma vez na vida, penso, gostaria de entender meu horóscopo. Estendo as pernas, me afundo no travesseiro. Durante as horas que passei com ele aqui, prestei pouca atenção ao ambiente. Agora descubro que não há muito o que ver. É um quarto grande e com teto alto, o chão coberto com o mesmo carpete cinza que há no corredor e na sala. As paredes são brancas, completamente vazias. A cama de plataforma com sua fina paleta de espuma é *king-size* e parece pequena. Os lençóis são brancos – limpos, percebo, como estavam segunda-feira. Com que frequência esse homem troca os lençóis? O cobertor é cinza claro e não há colcha. As duas janelas altas na parede à esquerda da cama estão cobertas com cortinas de bambu, pintadas de branco. De um lado da cama está a cadeira que agora apoia a TV; um criado-mudo da mesma madeira que a plataforma da cama está do outro lado. O abajur sobre ele tem uma cúpula branca e uma base redonda, branca e azul – no estilo vaso chinês – e uma lâmpada de 75 watts. A graciosa base do abajur me alegra, mas penso: onde quer que esse homem leia seus livros em língua original, ele não faz isso na cama; e por que alguém perderia esse que é um dos maiores prazeres que existem? Tudo que precisaria seria de uma lâmpada melhor, alguns travesseiros a mais e um abajur de leitura.

Imagino o que ele pensou do meu quarto. Menos da metade do tamanho deste, pintado por mim mesma e por duas amigas num tom pêssego claro difícil de definir, cuja cor exata eu agonizei por quase três meses até escolher – o que tinha valido a pena. Imagino o que ele pensou do edredom florido, das cortinas, lençóis e fronhas combinando, dos três tapetinhos gregos esfarrapados, das bugigangas de cada uma das minhas viagens abarrotando a superfície da cômoda, da mesa de maquiagem, das estantes de livros; das pilhas de correspondência acumulada, revistas e brochuras empilhadas no chão dos dois lados da cama, das três canecas de café vazias, dos cinzeiros transbordantes, do recipiente de comida chinesa – vazio, mas ainda com um garfo dentro –, das roupas sujas enfiadas numa fronha num canto, das fotos de jornal de Al Pacino e Jack Nicholson enfiadas na moldura do espelho acima da mesa, com uma Polaroid dos meus pais sorrindo e uma de mim com uma prima de quatro anos em Coney Island, além de um cartão postal dos fiordes noruegueses, enviado por um amigo, e um da capela siciliana pela qual eu me apaixonara dois anos atrás. E das capas emolduradas da *New Yorker* na parede, e dos mapas de todos os países que eu visitei, com cidades especiais circuladas em vermelho; e do meu preferido: um cardápio manchado numa moldura prateada ornada – do Lüchow's, o primeiro restaurante de Nova York em que entrei, doze anos atrás.

Agora, este quarto aqui, digo a mim mesma, é simples demais até para ser chamado de simples. Poderia chamá-lo de austero, se quisesse ser caridosa; chique, se quisesse ser sarcástica; ou entediante, se quisesse ser honesta. Não é, de modo algum, um quarto que se chamaria de aconchegante. Ninguém nunca disse para ele que as pessoas colocam coisas nas paredes? Com o emprego que tem, ele podia comprar uns quadros bonitos; e pelo preço que deve ter gastado com aquele sofá monstruoso na sala ele poderia cobrir essas paredes com folha de ouro...

As vozes estão mais altas agora. São quase nove horas. Levanto da cama e passo pela cômoda alta com maçanetas de bronze nas gavetas e entalhes na madeira. Uma mesa longa e estreita, estilo Parsons, fica ao lado, apoiando um abajur igual àquele do criado-mudo e pilhas de periódicos profissionais. E lá está o guarda-roupa. É espaçoso, com duas portas que se encontram no meio. A da direita dá um rangido alto quando eu a abro, e fico completamente parada, segurando a respiração. Mas a voz do desconhecido se ergueu até virar um lamento, enquanto a dele continua ronronando, baixa e controlada. Me sinto uma bisbilhoteira – e deveria mesmo, digo a mim mesma, pois é isso que você está fazendo.

Atrás das portas, o guarda-roupa estende-se até o teto. Há duas prateleiras fundas acima do cabideiro. Pelo que consigo ver da prateleira mais alta – só a frente está dentro do meu campo de visão –, ela contém malas de couro bastante arranhadas, uma capa de câmera, botas de esqui e três pastas pretas de vinil com lombadas de cinco centímetros intituladas "impostos". A prateleira de baixo contém cinco suéteres quentes de gola redonda: dois azul-escuros, um preto, um creme e um marrom, e quatro pilhas de camisas azul-claras, rosa claras e brancas. ("Eu ligo para a Brooks Brothers uma vez por ano", ele vai me dizer, alguns dias depois. "Eles enviam as camisas e eu não tenho que ir lá. Odeio ir a lojas." Vou descobrir que quando uma camisa dá sinais de uso nos punhos e no colarinho, ele a coloca numa pilha separada e a usa em casa; o homem da lavanderia chinesa devolve as camisas mais velhas limpas e passadas num mesmo pacote, separadas do resto. Se uma camisa adquire uma mancha que não pode ser removida, ele a joga fora.)

Ao lado das camisas há duas raquetes de tênis, seus cabos projetando-se da beirada da prateleira. Seis camisas polo brancas sobre o papel-cartão da lavanderia, cinco pares de shorts para jogar tênis. (Vou descobrir que ele joga tênis às terças das 12h30 às

14h30; às quintas, das 12h15 às 14h; e aos domingos, das 15h às 17h, o ano todo. Ele carrega as raquetes nas capas em que vieram, o resto do equipamento num saco de papel marrom.) Perto da parede direita, ainda na segunda prateleira, há dez fronhas brancas, ao lado de uma pilha maior, com dez lençóis brancos.

Sem contar o que ele está usando agora na sala ao lado, e possivelmente outros que estão na lavanderia, ele possui nove ternos. Três – cinza escuro, azul-escuro com listras, e de tweed cinza; todos com coletes e com o corte idêntico – são novos em folha. Outros três – de linho branco, de flanela cinza, e azul e branco com listras de algodão; os dois primeiros com coletes também com um corte parecido. Um cinza de gabardina e um cinza escuro listrado de lã talvez tenham dois anos cada; e há um smoking. (O smoking quatro anos, ele me dirá depois; não o verei nele. Ele vai mencionar a um certo ponto que seus ternos foram feitos pelo mesmo alfaiate em Little Italy por onze anos, e que ele não fez uma prova para o terno desse ano ou do ano passado, encantado por ter convencido o alfaiate de que era desnecessário. "De repente, pensei: por que fazer isso, ano após ano? É uma chatice tão grande, meu peso continua o mesmo desde o colegial e eu já parei de crescer faz tempo." Quando um terno mostra sinais de uso, ele o dá ao chinês que lava as suas roupas – mas que não faz a limpeza a seco. "Mas ele tem meio metro a menos que você", vou dizer quando ele se livrar do mesmo modo do cinza de gabardina. "O que ele faria com um terno seu?" "Sei lá", ele diz. "Nunca pergunto. Ele sempre os leva.")

Ele possui dois pares de calças de esqui azul-escuros e duas cáqui velhas, uma delas com manchas de tinta. ("Tentei pintar o banheiro uns anos atrás, um grande erro! Não sou bom em fazer coisas só porque acho que devo. Nunca vale a pena; aquele banheiro tem a pior pintura que você pode imaginar.")

Um casaco de chuva bege fica pendurado ao lado de um sobretudo escuro de lã, uma jaqueta de esqui com enchimento ocupa cerca de trinta centímetros de largura no fim do cabideiro. Um guarda-chuva preto está encostado no canto esquerdo. Enfiado na diagonal contra a parede do fundo está um par de esquis com bastões. Penduradas numa haste de bronze dentro da porta esquerda, uma dúzia de gravatas tão parecidas que quando olho de longe parecem ser uma extensão do mesmo pedaço de tecido. A maioria é cinza escura ou azul-escura com pequenos padrões geométricos em vinho; duas são azul-escuras com pontinhos brancos; a mais aventureira é cinza com um padrão discreto de branco e vinho. ("Não gosto de variedade em roupas", ele vai dizer. "Nas minhas próprias roupas, quero dizer. Gosto de saber que vou estar sempre igual, todos os dias.") Alinhados no chão estão três pares de tênis, quatro pares de sapatos pretos idênticos de bico fino e um par de sapatos sem cadarço marrom escuro.

Fecho as portas e vou, na ponta dos pés, até a cômoda ao lado da parede que divide o quarto e a sala. Tem seis gavetas: três pequenas, duas médias, e a última, funda. Começo por cima. Uma pilha de lenços brancos com iniciais, um relógio de pulso sem a pulseira, um velho relógio de bolso, uma gravata-borboleta de seda dobrada uma vez e – sobre a tampa virada do que pode ter sido um pote de geleia – um par de abotoaduras simples e um prendedor de gravata estreito, ambos de ouro, e um azul escuro laqueado com uma fina linha de ouro no meio. Alguém deu isso para ele, eu penso, está na cara que é um presente – e um bom presente. Próxima gaveta: dois pares de luvas de couro pretas, uma com borda, outra sem; um par de couro curtido, sem borda; luvas de esqui grandes e infladas; uma faixa de smoking. Terceira: calções de banho azul-marinho, uma sunga, um par de pijamas – azul-escuro com costura branca – ainda na embalagem do fabricante. Outro presente? Não, ainda está com a etiqueta de preço. A próxima gaveta, a primeira das médias, contém cuecas brancas, pelo menos duas dúzias. Catorze pares de meias brancas de lã e, embaixo, uma camisa com peitilho plissado embrulhada em celofane. A maior gaveta está emperrada e eu tenho de puxá-la várias vezes. Quando finalmente consigo abri-la, olho estupefata: entulhada até transbordar, está lotada com o que parecem ser longas meias pretas idênticas. Penso: esse homem tem mais meias do que todos os homens que eu já conheci combinados. Qual é o medo dele? Que fechem todas as fábricas de malha do país de um dia pro outro? ("Odeio ir à lavanderia," ele vai dizer, algumas semanas depois. "É óbvio depois que você se toca, mas eu demorei pra perceber: quanto mais você tem de alguma coisa, menos tem que ir à lavanderia ou a uma loja." Eu o assistirei da cama, meu corpo líquido, flutuante: ele puxará duas meias, enfiará a mão em uma – a pele transparecerá pelo trançado no calcanhar, embora não haja, ainda, sinal de buraco – e a deixará cair no cesto. "É melhor ter todas iguais, também", ele vai me explicar. "Assim você nunca tem que procurar o par. Eu já fiz toda essa chatice na faculdade, é um saco.")

Fecho a gaveta, pulo na cama, deito de costas, pulo, pedalo uma bicicleta no ar acima de mim. Eu mal me aguento. Apaixonando-me por um amealhador de meias, um homem que amealha meias, que tem meias amealhadas... Não consigo reprimir alguns grunhidos e risinhos num esforço para não gargalhar alto, embora a voz lenta do amigo dele esteja estridente agora; provavelmente eu poderia gritar "fogo" e não seria ouvida.

São quinze para as dez. Finalmente me acalmo. Cruzo os braços debaixo da cabeça, olho para o teto e sigo a forma criada lá pela lâmpada do criado-mudo. Se sua mãe te visse agora – vasculhando as coisas dos outros, que coisa terrível. Eu não estava exatamente vasculhando, digo a mim mesma, agora me sentindo arrependida, mas incapaz de parar de sorrir: eu não *toquei* em nada. Mas Deus me livre de ele vasculhar o *meu* armário! Duas noites atrás, imaginando, com razão, que íamos para o quarto, eu tinha furtivamente fechado a porta de correr, enquanto ele ainda bebia café na sala. A confusão, a bagunça: o registro de uma década de mudanças na moda, sempre acumulando ao lado de, e alternando com, o que eu usava naquele ano. Um mês atrás, procurando por um vestido que depois descobri ter perdido numa lavanderia, encontrei uma minissaia de séculos atrás; horrorizada, joguei-a fora, e depois a recuperei e pendurei outra vez; eu tinha passado uns bons momentos com ela, que emoção tinha sido! E o casaco de chuva esfarrapado com costura xadrez, ainda do meu segundo ano de faculdade, e as calças compradas com desconto na Bonwit porque eram feitas de uma lã xadrez tão boa. Naquele mesmo outono acabaram sendo não só curtas demais, com a bainha de só 1,5 centímetro, mas quase impossíveis de combinar com qualquer coisa que eu tinha; mesmo assim não consigo me livrar delas porque foram uma pechincha e são muito bem feitas. As pilhas, a bagunça, as quinquilharias no fundo do armário – sapatos de salto com ponta fina que podem, talvez, se necessário, ser usados embaixo de uma saia longa; o desajeitado chapéu de chuva de borracha que uso uma vez por ano quando está uma chuva torrencial lá fora e preciso comprar cigarros; a bolsa Gucci que não tiro do armário há anos, mas eu estava tão contente quando a comprei por um valor equivalente a duas semanas de salário, em êxtase por ter atingido o ápice do que eu então considerava a elegância nova-iorquina; cintos cujas fivelas caíram, pequenas botas vermelhas que há muito não servem, esquecidas pelo garoto na fotografia no meu espelho; a camisa de futebol que pertencia a um amante esquecido, e que uso enquanto limpo a casa…

Então, o que aprendi com isso tudo, eu me pergunto; qual é o resultado além de você ser uma bisbilhoteira? Bem, ele é organizado, respondo a mim mesma. Joga tênis, esquia, nada. Nunca ouviu falar de uma lavanderia self-service. Dez camisas brancas, oito rosas e onze azuis são normais para um homem da idade e profissão dele? Não tenho a mínima ideia. Embora, eu me lembro, seja mais ou menos a minha idade também... E eu por acaso já tive tantas peças iguais? Uma coisa eu sei: nunca estive com um homem que tivesse uma ideia tão limitada das cores do espectro. Não ter nada roxo, fúcsia, turquesa, laranja, até vai; mas nada marrom? Nada verde, nada amarelo, nada vermelho? Aquelas coisinhas marrons nas gravatas não contam. Tudo é azul ou cinza ou branco ou preto, exceto aquelas camisas rosas, claro.

Você está se envolvendo com um homem incomum, eu digo a mim mesma. Não importa as roupas que ele tem, mas e as roupas que ele *não* tem? Faço uma lista numa folha grossa de papel. A caneta dele dá à minha caligrafia pequena e estreita uma inclinação e abertura a que não estou acostumada. Ele não tem um roupão, escrevo – e daí? Um par de pijamas ainda no embrulho? Talvez pra ter em mãos caso ele tenha de ir ao hospital com pressa, comprado naquele espírito de mães que dizem aos filhos para não confiarem em alfinetes na roupa íntima... Nenhum cachecol, nenhum chapéu: ele provavelmente é imune a resfriados. Mas por que esse homem não tem um único jeans? Por acaso conheço alguém – qualquer pessoa – que não tenha pelo menos um par, mesmo que não o use mais, um único par que sobrou dos anos 60? E nenhuma gola rulê. Nenhuma jaqueta de couro, nenhum blazer, nem uma mísera e solitária camiseta! Onde estão as calças de veludo que eu estou acostumada a ver nos homens? Onde estão as sandálias, os moletons, as camisetas de flanela xadrez?

Estudo minha lista.

– Tudo bem – ergue-se a voz dele na sala, alegre. – Não tem importância, fico feliz por ter ajudado, por termos terminado. Vejo você amanhã, relaxa, não precisa se preocupar...

Jogo as pernas pro lado, sento-me reta, dobro o pedaço de papel com um vinco afiado e enfio-o na minha bolsa, que está no chão ao lado da cama. A porta da frente bate, e ele está na entrada do quarto, sorrindo:

– Pronto, acabou, ele já foi. Hora de celebrar, querida, você não podia ter sido mais compreensiva com toda essa confusão, vamos beber um pouco de vinho.

Um pouco antes da meia-noite estamos deitados na cama dele. Acabamos nem começando com vinho, mas fizemos amor, com pressa e com a maior parte das roupas ainda no corpo; tomamos uma ducha juntos e eu lhe disse que era a minha primeira em uma década, que prefiro banho de banheira. Enrolados em toalhas, comemos três pedaços grandes da torta de mirtilo que sobrou do jantar e terminamos uma garrafa de Chablis. Estou deitada de costas, olhando para o alto, meus braços embaixo da cabeça. Ele está alongado de bruços. Seu braço direito apoia a cabeça enquanto o esquerdo está apoiado suavemente sobre meus seios. No meio do conto estatístico que ele pediu – irmãos e irmãs e pais e avós, cidade natal, escolas, empregos – eu paro e fecho os olhos... por favor, penso, inarticulada até mesmo em minha própria mente, incapaz de me voltar para ele e dar o primeiro passo, por favor...

Ele diz em meio ao meu silêncio:

– Quero te mostrar uma coisa.

Sai do quarto, volta com seu espelho para barbear, dá um tapa no meu rosto e senta na beira da cama. Minha cabeça cai de um lado do travesseiro. Ele pega um punhado do meu cabelo e me puxa até que olho para ele. Ele segura o espelho para assistirmos juntos a marca aparecer na minha bochecha. Eu me observo, hipnotizada. Não reconheço esse rosto; está em branco, uma tela que existe para mostrar quatro manchas, vermelhas como uma pintura de guerra. Ele as contorna gentilmente com os dedos.

No dia seguinte, durante um almoço de negócios com um cliente, perco o fio da meada no meio de uma frase quando a imagem especular da noite passada flutua à superfície do meu cérebro. Sou arrebatada por um desejo tão intenso que sinto náusea. Empurro meu prato e escondo minhas mãos sob o guardanapo. Quero chorar quando penso que ainda faltam quatro horas para vê-lo de novo.

Foi assim, um passo de cada vez. E como nos víamos todas as noites, como cada incremento de mudança não era nada espetacular, como ele fazia amor muito, muito bem, como eu logo estava louca por ele – não apenas (embora em especial) fisicamente –, ocorreu que me encontrei – depois de meras duas semanas – em um arranjo que seria considerado, pelas pessoas que conheço, como patológico.

Nunca pensei em chamá-lo de patológico. Nunca o "chamei" de qualquer coisa. Não contei a ninguém sobre aquilo. Que tenha sido eu quem viveu esse período parece, em retrospecto, inimaginável. Eu ouso olhar para aquelas semanas somente como um fenômeno isolado no passado, um segmento da minha vida que foi tão irreal quanto um sonho, sem qualquer consequência.

– Não é comum um homem ter gatos, é? – eu digo.

Estamos assistindo Cronkite: um rosto querido e familiar, sempre disposto – sob uma camada apropriada de preocupação superficial – em um alinhamento de benevolência confiável. Um terremoto distante; a ameaça menos distante de outra greve dos transportes; o Dow Jones que caiu dois pontos.

– Nem me fale! – ele diz, cansado. – Cachorros são outra história. Mas não conheço nenhum homem, que não esteja casado, é claro, que tenha *um* gato que seja, muito menos mais de um.

– Humm – respondo.

– Gatos são para crianças e velhinhas, se você quer saber a minha opinião – ele continua. – Ou fazendas, ou sei lá o quê.

– Bem, então por quê...

– Eles só são um incômodo – ele interrompe.

– Pelo menos esses não soltam muito pelo – eu proponho sem muita convicção; e digo, por fim: – Ninguém está te *forçando* a ter gatos.

– Que piada! – ele diz. – É uma boa piada. Você não faz ideia...

Há três gatos no apartamento dele, todos igualmente feios. São tão alheios a ele quanto ele parece ser aos gatos. Embora lhes forneça comida e água fresca e troque a caixa de areia todos os dias, ele parece considerar isso algo natural, assim como eles parecem esperar a regularidade desses serviços. Não há nenhuma troca observável de afeto entre eles – a não ser que se interprete o lento roçar de um gato sobre o corpo prostrado dele, e sua tolerância silenciosa desse comportamento, como tal; o que seria uma interpretação no mínimo questionável, considerando a falta de expressão que esses encontros evocam tanto no gato como no homem.

Ele está sentado no sofá. Eu estou sentada em dois travesseiros no chão, as pernas dele de cada lado do meu corpo. Minhas costas, pescoço e ombros estão apoiados na frente do sofá; minha cabeça, inclinada para trás, descansa entre as coxas dele. Ele brinca com meu cabelo: pega uma mecha de cada vez e enrola no dedo; empurra quatro dedos sob uma parte do cabelo, que ele levanta e puxa gentilmente para longe da pele; esfrega uma pequena área do couro cabeludo de cada vez, suas mãos se movendo lenta e repetidamente.

Cronkite nos dá boa-noite e assistimos ao *game show* que se segue e então um programa que consiste inteiramente de policiais se revezando em perseguições e acidentes de carro. As imagens repetitivas (quando terminou o noticiário ele desligou o som) são um acompanhamento calmante e estranhamente apropriado à história dos gatos, que ele me conta sem pressa.

O primeiro apareceu na vida dele junto à mulher com quem ele morou quatro anos atrás. Ela tinha acabado de levar o gato para o apartamento dele quando lhe ofereceram uma posição lucrativa em Zurique. Ela decidiu morar fora. O gato ficou para trás – com ele. Por vários meses ele continuou se vendo como um dono provisório do animal, o qual pareceu, desde o começo, sentir-se em casa. Sarnento e sujo, tinha um rabo quase pelado e apresentava uma variedade de cores tão ambiciosas quanto as roupas que tinham sido populares nos últimos invernos: peças feitas de uma substância enigmaticamente chamada de "pele artificial", imitavam o conceito e construção, se não a aparência, de antigas mantas americanas. Ele tentou, no início energicamente, realocar o gato. Mas foi logo forçado a reconhecer que as pessoas que conhecia (algumas das quais teriam adotado um filhote, enquanto outras poderiam ser tentadas por um siamês) tinham dificuldade em disfarçar, durante visitas embaraçosas, quão horrorizadas lhes deixava a ideia receber, em seus apartamentos chiques e cuidadosamente decorados de Manhattan, aquele animal em particular. A certa altura, ele até colocou um anúncio no *Times*. Embora tenha colocado tanto seu número de casa como do escritório, e publicado o anúncio por cinco dias consecutivos, não recebeu uma única ligação. Vez por outra, à medida que os meses passavam, ele considerou dar o gato a um abrigo de animais. Mas decidiu adiar essa solução, pelo menos momentaneamente. Esse tipo de opção, pensou, sempre estaria aberta para ele; no meio-tempo, algo mais adequado poderia surgir.

Um ano depois ele recebeu em casa a sobrinha de onze anos, que estava em Nova York para um campeonato de soletração que não chegou a vencer. Em gratidão por ter apresentado a cidade à menina, sua mãe – a irmã dele – o presenteou com um segundo gato, de tal modo que fora aparentemente impossível recusar o presente.

– Era só um gatinho, não muito mais bonito que o outro, e nos primeiros dias estava completamente doido. E o outro não ajudava em nada, rosnando e agindo como se eu tivesse trazido uma jiboia pra dentro de casa. Depois de um tempo, de um jeito ou de outro, eles acabaram entrando num acordo. Então uma noite estou chegando em casa e vejo uns moleques num beco. Eles saem de lá, mas, sabe, daquele jeito exageradamente casual. Então entro lá que nem um idiota e, no chão... o que posso dizer? Estava em mau estado. Volto pra casa, como qualquer homem são, preparo um drinque e começo a ler o jornal, pensando: em uma hora vai estar morto. E uma hora depois digo a mim mesmo: *você precisa de outro gato tanto quanto precisa de um buraco na cabeça.* E penso que, se for pra fazer algo, alguém devia matar, não adotar o gato, porque já é tarde demais. Faço uns ovos pra mim, como uma salada, bebo café. Digo a mim mesmo que vou dar uma volta depois do jornal das onze. E, claro, ele ainda está lá, só que alguém o empurrou até as latas de lixo. Então pego um jornal no lixo e trago o gato aqui pra cima. Na manhã seguinte penso: sou o quê, uma enfermeira agora? E levo ele ao veterinário que castrou os outros dois. Quando fui buscar, seis dias depois, ele estava bem animadinho. Devia estar mesmo, por US$ 68,80. E toda vez que saio da cidade tenho que fazer minha faxineira vir lá do Queens, e às vezes ela não pode, e nenhum dos meus amigos é estúpido o bastante pra morar por aqui, e eu não posso pedir a alguém que venha de graça lá de Central Park West, ou da Sixty-fifth e York, ou do maldito Brooklyn Heights. Mesmo vindo de Andy, Thirtieth e Park até aqui não é exatamente uma caminhada de cinco minutos. E o garoto que morava no fim do corredor teve que ir pra a Michigan State University; *Michigan State*, pelo amor de Deus! Isso deixa ele de fora. Então agora eu revezo alguns vizinhos e odeio pedir favores a pessoas que eu preferiria nem olhar na cara...

– Eles não soltam muito pelo – eu digo, pela segunda vez naquela noite.

– Grande coisa.

Eu ia trabalhar todos os dias – uma mulher de negócios articulada, prezada pelos amigos, valorizada pelos superiores. Às cinco em ponto limpava minha mesa, descia o elevador trocando cortesias com colegas e ia para casa – para o apartamento dele. Só passava no meu para pegar roupas e, depois, uma vez por semana, as correspondências. De manhã pegávamos a mesma linha do metrô para ir ao trabalho e dividíamos o *Times*: um homem barbeado num terno listrado, carregando uma pasta executiva – dentes bons, sorriso charmoso – e eu com minha própria pasta, minha bolsa de verão, saltos altos, batom e cabelo recém-lavado. Um casal atraente e educado em Nova York. Comum, de classe média, civilizado.

– Vamos, hora de levantar! – ele grita da porta.

Está segurando uma bandeja de metal arranhada com um prato de ovos mexidos, três *muffins* ingleses tostados, um bule de chá e uma xícara. Há também uma laranja descascada e seccionada, numa pequena travessa de madeira. Ele abre um sorriso largo.

– Por que essa pressa? – eu digo. – São nove e meia, por favor...

Empurro os dois travesseiros contra a parede atrás de mim e me sento, alisando o cobertor sobre as pernas.

– E é sábado!

Ele coloca a bandeja na cama e, com um rolo de toalhas de papel que trouxe sob o braço esquerdo, enxuga algumas gotas de chá que vazaram.

– É sábado – repito. – Espero que você não queira ir a lugar nenhum, eu não quero ver *uma* alma hoje. Quero ficar exatamente aqui e dormir até meio-dia e durante o resto do dia não quero fazer nada mais cansativo que ligar pra minha irmã e ler o *TV Guide* da semana que vem.

– Que divertido – ele diz. – Você pode fazer isso quando voltarmos. Eu tenho que ir à Bloomingdale's.

– É melhor você voltar a trabalhar em cortes fechadas – eu digo. – Você obviamente tem passado tempo demais no sol. De jeito nenhum eu vou à Bloomingdale's num sábado.

– Não vai levar mais que meia hora, juro. Uma hora e meia, no total. Meia hora pra chegar, meia hora lá, meia hora pra voltar. Quanto mais rápido você parar de falar e começar a comer, mais rápido terminamos. Você vai estar de volta na cama às onze e meia.

Estamos no meio do quarteirão quando eu digo:

– Você não está por acaso indo para o metrô, está?

Inexpressivo, ele dá um aceno.

– De jeito nenhum! – eu digo. – Tenho que entrar nessa droga duas vezes por dia a semana inteira, não vou pisar aí no fim de semana.

Chamamos um táxi na esquina. A Bloomingdale's está lotada.

– Sempre penso que essas pessoas estão nos Hamptons nessa época do ano – eu falo alto. – Elas voltam todo sábado pra fazer estoque?

– Meia hora, prometo – ele diz.

– Tá *bom*. Quem não gosta de lojas é *você*, eu gosto perfeitamente. E tenho bom senso sobre *quando* entrar nelas também.

– Escuta, querida, você pode, por favor, calar a boca? Estou pedindo com educação. Estou sendo muito paciente com todo esse cinismo mesquinho, mas daqui a pouco vou te amarrar no balcão de cosméticos masculinos e você vai acabar comprando um monte de bronzeador Braggi, sem se divertir nem um pouco, até eu voltar.

A imagem me faz dar um risinho.

– O que você está procurando? – pergunto.

Estamos no quinto andar.

– Uma cama.

– Uma cama! – exclamo. – Você tem uma cama perfeitamente boa!

– É uma ótima cama – ele diz.

– E então?

– É uma ótima cama para *uma* pessoa.

Ele está me guiando através de cenários de opulentas salas de jantar. Há um conjunto especialmente dramático: pequenos holofotes iluminam um tampo de mesa de vidro negro sobre os obrigatórios pés de cromo, guardanapos pretos estão enrolados dentro de anéis de cristal preto, taças pretas ficam ao lado de travessas pretas.

– É para servir caviar sobre filé queimado – ele sussurra dramaticamente, enquanto quase tropeçamos em um arranjo monumental de inumeráveis seções de sofá, que ocupam mais espaço do que meu apartamento inteiro.

– Veludo branco – digo. – Meu Deus! Um pouco de cinza de cigarro, um pelo de gato e *puf*! Vai tudo por água abaixo.

– Os clientes da Bloomingdale's são limpos – ele diz, sério. – Pode ser um mistério pra você, mas é muito simples. Mantemos nossos bichos no banheiro e fumamos só dentro do closet...

– ... ouvi dizer que suas férias começam segunda – diz uma voz de mulher atrás de nós.

– É – responde uma voz de homem.

– Você vai pra onde?

Eu olho por cima do ombro. Uma ruiva, vestida com elegância e segurando um bloco de recibos está falando com um homem num terno Cardin, que segura um bloco igual.

– Para a grande cidade de *No-va York* – ele diz, seu tom zombeteiro de orgulho fazendo-os rir.

– Esperto! – ela diz, se afastando. – É o melhor lugar do...

– Vamos *logo* – eu digo. Os sofás imensos foram exceção, estamos entre mais cenários de sala de jantar. – Eu não sou *tão* grande e, se você tivesse dito algo, teria ficado mais no meu lado da cama.

– Não é o tamanho – ele diz.

– Então o quê é? – insisto.

Ele para em frente a um quarto fantasia, uma mesa preta laqueada nos encarando em um canto. Em sua superfície lisa e reluzente, ela apoia um abajur com um apoio enorme, seis jarros de cerâmica de tamanhos diversos, um vaso estreito com oito gloriosas tulipas, uma pilha de livros de fotografia contemporânea exageradamente grandes, uma coleção de revistas estrangeiras num arranjo intricado e um livro de endereços coberto com uma fina seda estampada.

– Agora, isso é o que eu gosto de ver – ele diz. – Uma mesa de trabalho de verdade. Você pode arregaçar as mangas, se esparramar à vontade sobre todos os dez centímetros quadrados livres e se lançar no trabalho.

– Deixe de ser sarcástico. Ninguém te fez vir aqui e esse livro de endereços está me dando água na boca. É esse o objetivo dessas coisas, e funciona.

Ele sorri e coloca o braço ao meu redor.

Em seguida vêm os quartos. O primeiro tem um piso escuro e polido, o próximo é de madeira clara, um terceiro é de azulejos vermelhos; há uma cabeceira grande como a porta de um celeiro apoiando o dossel de pano, o tecido de seda escorregando até o chão dos dois lados. Uma planta grande, dentro de uma cesta decorativa ainda maior, está inexplicavelmente colocada sobre a colcha, fora do centro. Outra cama é apoiada por quatro postes grossos e espiralados. Seis travesseiros pequenos, cobertos em estampas variadas, mas harmoniosas, estão enfileirados contra os travesseiros que supostamente residem sob a saliência na colcha.

– É *disso* que você precisa – digo.

– Eu preciso de vários travesseirinhos de brinquedo?

– Uns quatro bem grandes. Aqueles dois fininhos que você tem são um saco, não dá nem pra apoiar neles e ficar confortável.

– Pra quê você vai apoiar neles, se está numa cama?

– Quando você me trouxe café da manhã hoje, por exemplo. Pra várias coisas. É ótimo pra ver TV ou pra ler na cama.

– Tirando que eu não faço isso – ele diz lentamente, me fazendo rir.

Passamos por uma cama metade de aço, metade de bronze, com hastes cinzas e grandes formas bulbosas nos cantos. Uma cama inteiramente de bronze aparece em seguida: gigantesca e impossivelmente espiralada, a cama mais ornamentada que eu já vi. Paro em frente a ela. De uma colcha grossa com uma estampa rosa e branca, ilhoses bordados caem até o chão. Uma mesa redonda está coberta como a cama, sua saia consistindo das mesmas quatro camadas volumosas de babados. Num ângulo reto há uma *chaise* majestosa, sua estrutura de madeira branca revestida de ouro.

– Você gosta? – ele pergunta.

– É como um palco – digo – feito sob medida para uma Judy Garland de dezesseis anos, com o coração partido.

– Só a cama, eu quero dizer.

Eu examino os voos de imaginação à minha frente.

– É bonita, de um jeito berrante. A cabeceira e os pés são como partes de um portão que leva a um jardim encantado. Só faltam alguns pássaros de bronze no meio das espirais, e uma cabeça de monstro ou duas.

Ele acena para a ruiva que um tempo atrás desejou boas férias ao vendedor pálido.

– Quando você pode entregar essa cama?

Eu puxo o ar com força. Ele aperta meu braço bruscamente.

– Esta cama em particular, senhor – ela sorri com firmeza, primeiro para ele, depois para mim –, eu tenho que verificar. Se vocês puderem se sentar por alguns minutos, minha mesa é logo ali.

– Você está louco – eu sussurro. – Ficou com um rosto vermelho e um cérebro demente, só de sair de casa algumas vezes.

Ele me observa. Não está sorrindo.

– Você consegue imaginar como essa maravilha barroca vai ficar no seu quarto de monge?

A vendedora desligou o telefone.

– Sem problema algum, senhor, estão prestes a trocar os cenários. Se o senhor me disser onde quer que entreguemos a cama, posso lhe informar em quais dias da semana nosso pessoal vai estar lá.

– Preciso ver uma coisa antes – ele diz, depois de ela anotar o endereço.

A vendedora e eu o seguimos outra vez para o cenário. Está fechado por uma corrente feita de cadeias de plástico.

– Podemos entrar? – ele pergunta, e no momento seguinte estamos os três ao pé da cama.

– É uma das nossas camas mais...

Ele a interrompe:

– Sinto muito, mas minha amiga precisa deitar nessa cama antes que eu possa tomar uma decisão – a voz dele é impecavelmente gentil. – Espero que não se importe.

E, para mim:

– Talvez seja melhor tirar os sapatos.

As pessoas sempre experimentam camas em lojas, eu digo a mim mesma, mas algo faz o sangue subir pelo meu pescoço e rosto. Tiro as sandálias, sento na cama, passo as pernas para cima, e deito na colcha estampada.

– Deite no meio – ele diz.

Eu sigo com os olhos as espirais reluzentes sobre meus pés e me movo com cuidado, equilibrando-me o melhor que posso com as mãos e as solas dos pés, tentando não desarrumar a colcha.

– Estique os braços e segure a cabeceira com as mãos – ele diz.

Eu penso: é sábado na Bloomingdale's, onde foi parar todo mundo, esse lugar parece um necrotério; eu poderia pular para fora da cama, saltar sobre a corrente, correr até a escada rolante, ir ao cinema...

– Vamos, querida – ele diz casualmente –, não temos o dia todo.

Sinto o bronze gelado nas mãos. Fecho os olhos.

– Abra as pernas.

– Sua área de entrega será atendida na quinta-feira...

– Abra as pernas.

– O senhor ficará feliz em saber que terá essa cama na próxima quinta-feira...

– Abra as pernas.

– Nossa equipe está na sua área às quintas e sextas, mas me certificarei pessoalmente de que sua data de entrega seja quinta-feira!

Eu obedeço.

Estou afivelando minhas sandálias, evitando o olhar de um casal de mãos dadas atrás da corrente de plástico.

– Vocês têm colchões?

Ela limpa a garganta, a voz suave outra vez.

– Os colchões ficam no quarto andar, mas posso vender um colchão e box daquele andar também.

– Pode escolher um colchão duro e um box e despachar tudo ao mesmo tempo?

– Mas o senhor precisa escolher...

– Não preciso – ele diz.

– Um ortopédico, talvez...

– Pode ser.

– Mas que tipo de revestimento...

– Ficarei muito contente se você escolher o seu preferido – ele diz e sorri para ela, um homem alto usando tênis e velhas calças cáqui, uma camisa branca de jogar tênis, com o nariz descascando, a pele mais vermelha que bronzeada nos braços, na garganta e no rosto.

– Sim, claro – ela diz, sorrindo para ele.

– E quatro travesseiros gordos – ele diz.

– Pena de ganso ou poliéster? Vou precisar das dimensões...

– Só travesseiros.

Nem eu nem ele abrimos a boca no caminho para casa.

Quando passo no meu apartamento alguns dias depois, encontro uma caixa da Bloomingdale's contendo um livro de endereços com capa de seda.

Estamos fazendo compras: supermercado, loja de bebidas, lavanderia, farmácia. É um sábado delicioso, uma semana depois da nossa visita, no começo de junho, à Bloomingdale's (a cama chegou quinta-feira, como prometido). Passamos bastante tempo no balcão de pasta de dentes; ele está recitando dramaticamente comerciais de TV – BETTER CHECKUPS ganha. Eu penso: nunca estive tão apaixonada antes. Duas vezes me pergunto, em voz alta: como posso estar tão feliz? Nas duas vezes ele sorri para mim, um sorriso satisfeito, e passa as duas sacolas de compras para um braço, para abraçar meus ombros com o outro.

Estamos os dois carregados de sacolas quando ele diz:

– Tenho que pegar mais uma coisa – e chama um táxi.

Acabamos no Brooklin, numa lojinha obscura de artigos de caça. Há dois atendentes – um idoso respeitável e um adolescente – e nenhum cliente. Ele está comparando preços de coletes impermeáveis, do tipo que se usa debaixo de jaquetas corta vento.

Eu coloco os pacotes numa cadeira, dou uma volta, fico entediada, sento na beirada de uma escrivaninha antiga de mogno, e folheio uma *New Yorker* de três anos atrás, que parece novinha em folha.

– Essa, então – ele diz.

Olho para o balcão; ele está olhando para mim. Está segurando uma chibata.

– Gostaria de experimentar.

Ocorre uma mudança peculiar: de repente fiquei desorientada, estou em território desconhecido, num século estranho. Ele dá alguns passos até onde estou meio sentada na mesa, com um pé no chão e o outro balançando. Puxa minha saia sobre minha perna esquerda, que está apoiada na mesa, recua um passo, e dá um golpe na parte interna da coxa. A dor ardente é parte inextricável de uma onda de excitação que me rouba o ar, a fala e a habilidade de me movimentar. Todas as células do meu corpo são invadidas por desejo. Aquele lugar pequeno e empoeirado está em silêncio. Os atendentes atrás do balcão estão congelados. Ele lentamente abaixa minha saia e se volta para o homem mais velho, que está usando terno e parece um contador, embora um grande rubor esteja se espalhando pelo seu pescoço.

– Serve essa.

O QUE ELE FAZIA

- Ele me alimentava. Comprava toda a comida, cozinhava todas as refeições, lavava todos os pratos.

- Ele me vestia de manhã, me despia à noite e levava minhas roupas sujas à lavanderia com as dele. Uma noite, enquanto tirava meus sapatos, decidiu que precisavam ser ressolados, e no dia seguinte os levou ao sapateiro.

- Ele lia para mim sem parar: jornais, revistas, livros policiais, contos de Katherine Mansfield, e meus próprios documentos, quando eu os levava para casa para pôr o trabalho em dia.

- A cada três dias, ele lavava meu cabelo. Depois secava-o, e só foi desajeitado nas primeiras duas vezes. Uma vez ele me trouxe uma escova de cabelo Kent ridiculamente cara e, naquela noite, me bateu com ela. Os machucados duraram mais do que todos os outros. Nem antes nem depois meus cabelos foram penteados com tanto cuidado, por períodos tão longos de tempo, tão amorosamente. Eles brilhavam.

- Ele comprava absorventes para mim, os inseria e retirava. Quando fiquei estarrecida da primeira vez, ele disse: "Eu te como quando você está menstruada e nós dois gostamos. Não tem diferença".

- Ele preparava meu banho toda noite, fazendo experiências com géis, cristais e óleos diferentes; tinha o prazer de uma adolescente em comprar vários tipos de produtos de banho para mim, enquanto ele próprio mantinha-se firme na sua rotina de duchas, sabonete Ivory e xampu Prell Concentrate. Nunca parei para imaginar o que a faxineira dele pensava da chibata que ficava no balcão da cozinha, ou das algemas penduradas na maçaneta do quarto, ou das pilhas serpejantes de correntes finas e prateadas enroladas no canto do quarto. Vagamente me perguntei o que ela pensava daquela proliferação de jarros e garrafas, nove xampus que mal eram usados entulhando o armário de remédios, onze sais de banho alinhados na banheira.

- Toda noite ele removia a minha maquiagem. Mesmo que eu viva cem anos, nunca vou esquecer como era sentar numa poltrona, os olhos fechados, minha cabeça jogada para trás, enquanto a pressão gentil de uma bola de algodão embebida em loção se movia pela minha testa, passava sobre as minhas bochechas, se demorava sobre minhas pálpebras...

O QUE EU FAZIA

- Nada.

Ele chega em casa irritado. Um dos seus parceiros de tênis lhe disse que Tender Vittles é lixo, e que estraga os gatos do mesmo jeito que comer só Rice Krispies e marshmallows estragaria a saúde de uma pessoa.

– "Pelagem lustrosa", ele me diz. Andy, o especialista, que não tem um único gato. Tudo que ele sabe vem da mulher com quem ele está terminando há uns cinco anos; e ela *uma vez* teve um birmanês. Tudo bem, dá pra ver se um gato preto de repente começar a correr por aí sem brilho, mas esses? Eles ficam maiores, mais gordos, e se tornam um desastre um pouco menor, mas a pelagem, pelo amor de Deus, eles estão iguaizinhos ao que sempre foram. "Seus gatos têm pelagem lustrosa?", ele diz pra mim. Como eu vou saber?

Nessa noite ele esvazia três latas de atum nas tigelas dos gatos. Na manhã seguinte, vestido para o trabalho, prepara e distribui três combinações feitas de cinco ovos batidos: um terço é servido sobre uma pilha fresca de atum, um terço sozinho numa tigela, e a terceira parte misturada com leite em outra tigela. Às 18h30, ele vai direto para a cozinha, desembrulha meio quilo de carne picada e a desmancha em um prato de jantar. Ele tem poucos pratos e já usou todas as tigelas.

Os gatos começam a jejuar. Nenhum chega sequer a experimentar um bocado da nova dieta. Nenhum se dignou a cheirar os vários pratos obstruindo o chão da cozinha; pelo menos, não deram nada além da atenção momentânea que dariam até a um maço de cigarros. Às 21h, ele volta para a cozinha. Eu sigo. Ele aponta para o arranjo; três tigelas de gatos, três tigelas de salada e um prato velho de porcelana branca com borda dourada e um desenho de raminhos e flores rosas e malvas – descartado pela tia dele, que lhe dera também a pesada toalha estampada que ele mantém sempre na mesa da sala de jantar; o tecido me lembra algo saído do Exército da Salvação.

– Viu? – ele pergunta. – Eles já teriam comido tudo isso se fosse bom pra eles. Se conseguem alcançar, os animais comem o que seus corpos precisam, diferente das pessoas. É o que o gordo do mercado me disse.

E, abrindo três pacotes de Tender Vittles, um sabor fígado, um frutos do mar e um frango – os três gatos ronronam em uníssono ao ouvir o som –, ele resmunga:

– É isso aí, gangue, acabou a moda da comida saudável.

Estou ereta, quase na ponta dos pés, do outro lado da sala, meus braços erguidos. Minhas mãos estão amarradas ao gancho de parede no qual, durante o dia, fica pendurada uma de suas pinturas. Meu canto é escuro; só o abajur de leitura sobre o ombro dele está aceso. Ele me disse para ficar quieta. A TV está ligada, mas ele está escrevendo em um bloco de notas, absorvido no trabalho, e não ergue os olhos pelo que me parecem longos períodos. Meus braços começam a doer, e então todo o meu corpo, e finalmente eu digo:

– Escuta, não aguento, estou falando sério…

Ele me lança um olhar zombeteiro. Entra no quarto, volta com dois lenços, e diz num tom gentil e casual:

– Quero que você cale a porra da sua boca.

Ele enfia um dos lenços quase inteiro na minha boca e a fecha amarrando o segundo com força. Eu sinto o gosto insosso do tecido.

Sixty Minutes começa. Eu tento escutar; encaro a parte de trás da TV, tentando visualizar os comerciais para me distrair das ondas de dor que passam sobre mim. Digo a mim mesma que meu corpo em breve vai ficar adormecido, mas meu corpo não faz nada disso; só dói. E então dói ainda mais e, quando *Sixty Minutes* acaba, sons abafados começam a escapar através do lenço, que está enfiado no fundo da minha garganta e mantém minha língua achatada. Ele se levanta, vem até mim e liga a luminária de piso ao lado da sua mesa, ajustando-a para que a luz brilhe em direção aos meus olhos. Pela primeira vez desde que o conheci, eu começo a chorar. Ele olha para mim com curiosidade, vai embora e volta segurando uma garrafa de óleo de banho que comprou para mim no caminho do trabalho. Ele começa a esfregar o óleo no meu pescoço e axilas. Tudo no meu cérebro está bloqueado pelos espasmos convulsivos dos meus músculos. Ele massageia meus seios e eu tento respirar pelo nariz, que está cheio de lágrimas. Agora o óleo está sobre a minha barriga; um movimento lento, insistente, rítmico, circular. De repente, estou aterrorizada, convencida de que estou engasgando – vou engasgar, penso, em um minuto estarei morta – e então ele abre minhas pernas, alongando meus músculos ainda mais. Eu grito. É um som mudo, como a buzina do brinquedo de uma criança, totalmente ineficaz por trás de todo aquele tecido. Pela primeira vez hoje ele parece interessado, fascinado até. Seus olhos estão próximos dos meus e algo se move muito suavemente, para cima e para baixo, junto ao meu clitóris. Os dedos dele estão escorregadios, encharcados de óleo, e no meio de um grito meu corpo passa a fazer os sons – não tão diferentes – que faz quando eu estou prestes a gozar, e então eu gozo.

Ele me solta, me fode de pé, me coloca na cama e lava meu rosto com uma toalha mergulhada na água fria de um Tupperware branco. Ele esfrega meus pulsos por um longo tempo. Quando estou quase caindo no sono, ele diz:

– Você vai ter que usar mangas longas amanhã, querida. Que chato, vai ser um dia quente.

Nossas noites raramente variavam. Ele preparava meu banho, me despia, algemava meus pulsos. Eu me afundava na banheira enquanto ele trocava de roupa e começava o jantar. Quando estava pronta para sair, eu o chamava. Ele me puxava, lentamente ensaboava meu corpo, me enxaguava e secava. Abria as algemas, colocava uma das suas camisas em mim – branca ou rosa ou azul-clara, feitas para serem usadas com terno, as mangas cobriam meus dedos; uma camisa limpa toda noite, fresquinha da lavanderia chinesa – e então me algemava outra vez. Eu o assistia preparar o jantar. Ele era um cozinheiro excelente, embora limitado: passava pelos quatro ou cinco pratos que sabia bem, e daí fazia omelete ou filé por algumas noites, antes de começar tudo de novo. Ele sempre bebia vinho enquanto lavava as saladas e me dava um gole da sua taça sempre que tomava um. Ele falava sobre o que tinha acontecido no escritório dele; eu falava sobre o que tinha acontecido no meu. Os gatos se revezavam se esfregando contra minhas pernas nuas.

Quando o jantar ficava pronto, ele colocava uma porção grande em um único prato. Íamos à sala de jantar – onde mal havia espaço para andar confortavelmente ao redor da mesa e das três cadeiras que ficavam sobre um velho tapete oriental vermelho escuro. Era, de longe, o cômodo mais colorido da casa; onde acabava o tapete, assumia o tecido estampado criado pelas lombadas de livros, fluindo do chão ao teto em duas paredes, deixando espaço para uma só janela e uma porta nas outras duas. Ele mantinha a mesa coberta com aquela amada toalha estampada. Eu sentava aos pés dele, amarrada ao pé da mesa. Ele comia um bocado de fettucine, e então me dava outro; dava uma garfada de alface e guiava a próxima à minha boca, alternadamente enxugando o azeite dos meus lábios e dos dele. Um gole de vinho, e ele abaixava a taça para que eu bebesse. Às vezes ele a inclinava muito e o vinho derramava dos meus lábios e escorregava pelo meu rosto até o pescoço e peito. Então ele se ajoelhava na minha frente e chupava o vinho dos meus mamilos.

Frequentemente, durante o jantar, ele empurrava a minha cabeça entre as pernas dele. Desenvolvemos um jogo: ele via por quanto tempo conseguia continuar a comer calmamente; eu, quanto tempo levava para fazê-lo deixar cair o garfo e gemer. Uma vez, quando eu disse que estava me afeiçoando ao gosto dele seguido por curry de legumes, ele riu sem parar e disse:

– Amanhã vou fazer o bastante pra durar a semana inteira.

Quando acabávamos, ele ia até a cozinha lavar os pratos e fazer café – um café horroroso, sempre – que ele carregava à sala de estar em uma bandeja: um bule, uma xícara, um pires, uma taça de brandy. (Um mês depois de nos conhecermos, eu, viciada em café que era, mudei para chá.) Então ele lia para mim, ou ambos líamos livros separados. Quando eu olhava para cima era um sinal de que ele devia virar minha página. Ou assistíamos TV, ou trabalhávamos. Mais que tudo, conversávamos, literalmente por horas. Nunca tinha falado tanto com alguém na minha vida. Ele conheceu toda a minha história de vida, em detalhes minuciosos, e eu fiquei igualmente familiarizada com a dele. Teria reconhecido de vista seus amigos de faculdade, poderia ter adivinhado o humor do chefe dele pela posição em que se sentava na cadeira. Eu adorava as piadas dele e seu jeito de contá-las, numa voz lenta e entediada, com uma expressão intensamente desinteressada. As histórias preferidas dele eram sobre meu avô; as minhas preferidas eram seus relatos sobre os três anos que passou na Índia...

Nunca saíamos, só víamos amigos durante o dia. Algumas vezes ele recusou convites ao telefone, revirando os olhos para mim enquanto explicava com voz grave como estava atolado de trabalho, e eu ria. A maior parte das noites eu passava amarrada ao sofá ou à mesa de café, à distância de um braço dele.

É quarta-feira. Nós nos conhecemos há três semanas e estamos nos encontrando para almoçar. É o único dia da semana em que almoçamos juntos, embora nossos escritórios estejam separados por uma corrida de táxi de US$ 1,05. É um restaurante no centro, tão barulhento quanto as ruas lá fora, com luzes fluorescentes e uma multidão de cara fechada esperando uma mesa livre. Sentamos um em frente ao outro sob uma luz forte; ele pede sanduíches de rosbife e vinho.

Eu consegui um pequeno triunfo esta manhã: um projeto em que estava trabalhando há meses finalmente deu certo. Estou falando alegremente sobre o assunto:

– Em si, não é grande coisa, mas é importante pra mim porque parecia que...

Ele põe o dedão diagonalmente sobre meus lábios. Seus dedos envolvem minha bochecha esquerda.

– Quero saber tudo sobre isso. Teremos tempo de sobra à noite. Fique com a boca aberta.

Ele tira a mão do meu rosto e mergulha o dedão na minha taça de vinho; o líquido na taça, vermelho escuro, se torna rosa e transparente na pele dele. Ele molha meus lábios. Seu dedo se move lentamente; minha boca está lânguida sob seu toque. Ele traça meus dentes de cima, da esquerda à direita, e volta pelos dentes de baixo, da direita à esquerda. Finalmente, o dedão para na minha língua. Eu penso, sem alarme, distraidamente, que estamos em plena luz do dia.

Uma leve pressão na minha língua me incita a começar a chupar o dedo dele. Tem um gosto salgado sob o vinho. Quando paro, ele pressiona gentilmente e eu continuo; só fecho os olhos quando meu estômago está derretendo.

Ele está sorrindo quando afasta o dedo. Mantém a mão sobre meu prato e diz:

– Me enxugue.

Embrulho a mão dele no meu guardanapo como se estivesse estancando um sangramento. Em vez do sanduíche intocado à minha frente, o que vejo sou eu mesma amarrada à cama, amarrada à mesa de jantar, amarrada aos pés da pia do banheiro, corada em meio ao vapor enquanto ele toma banho. Ouço a água rugindo, gotas de suor no meu lábio superior, meus olhos fechados, minha boca aperta; amarrada e despida, amarrada e reduzida a um único frenesi: desejando mais.

– Não se esqueça – ele diz. – Algumas vezes durante o dia quero que lembre como você... – e então: – Beba seu café.

Eu tomo um gole recatado do líquido morno, como que com a permissão dele. Ele me guia para fora do restaurante. Duas horas depois, desisto e ligo para ele. O feitiço não foi quebrado. Estive encarando meu calendário, olhando para fora da janela, para a grade de janelas do outro lado da rua. Não atendi nenhuma ligação. A secretária dele me avisa bruscamente que ele tem um compromisso em cinco minutos, e então surge a voz dele.

– Você não pode fazer isso comigo – eu sussurro no telefone.

Há um curto silêncio.

– Vou fazer camarão hoje à noite – ele diz lentamente. – Pense sobre isso.

O almoço foi um ponto de virada. Deixou claro – para nós dois – que minha vida estava dividida, nitidamente, em duas partes: dia e noite, com ele e sem ele. E que era um erro, possivelmente perigoso, misturar as duas. Dia a dia, semana a semana, os dois segmentos da minha vida foram se aproximando de um equilíbrio cada vez mais completo. Quanto mais claras, focadas e "fantásticas" se tornavam as nossas noites, mais a minha vida profissional se tornava uma fantasia.

Era uma fantasia até que agradável. Eu me saía bem nela; melhor, aliás, do que quando meu escritório, meus clientes e meu trabalho eram uma preocupação, uma realidade séria. Agora, como era natural em uma fantasia, eu estava à vontade, relaxada, calma. Um dia, fechava uma nova conta; no próximo, encantava um colega e fazia as pazes depois de meses de altercações. Eu trabalhava sem cansaço, suspensa. Pequenas irritações que teriam me inquietado no passado – uma ligação não retornada, uma espera mais do que razoável pela resposta de um cliente, uma mancha de café na minha manga meia hora depois de chegar ao escritório – não importavam mais.

A realidade dos meus dias foi substituída por uma serenidade superficial e uma monotonia profunda. Meus almoços, monótonos, passavam despercebidos por mim. Eram uma mistura de conversas amigáveis e monótonas com pessoas amigáveis e monótonas: amigos, clientes, colegas, era tudo igual. Eu circulava pelo metrô, notando a combinação casual de azuis claros e escuros nas traves do teto. Na superfície, os táxis eram de um amarelo agradável; uma vez contei nove táxis consecutivos na Park Avenue. Uma cidade de sonho, sem entulhos, vista por alguém drogado ou por uma mulher extremamente míope que estivesse, corajosa e estupidamente, sem óculos fora de casa. Multidões que automática e amavelmente se abriam para me deixar passar. Cada dia um filme diferente, nenhum deles preocupado com uma trama, ou só brincando com uma, tão frouxa a ponto de não revelar nenhuma conexão ou poder de me engajar além de uma superfície agradável. Estava sempre a apenas algumas horas da realidade, fazendo uma pausa do que realmente importava, do que realmente acontecia na minha vida; uma pausa para respirar em meio à trama excitante e inexorável que se desenrolava à noite.

As noites eram palpáveis e intensas, eram lâminas delineadas tão claramente que chegavam a ser luminosas. Um país diferente, com paisagem e moeda simples: calor, medo, frio, prazer, fome, excesso, dor, desejo, tesão insuportável.

Havia a pimenta que me fazia arquejar, o choque da malagueta queimando a minha garganta, Chablis deslizando como ouro pelas minhas cordas vocais e um simples pudim de chocolate, que ele fizera com uma mistura em pó, invadindo meu sangue. Meu corpo vivo e manso ao meu redor, perto de se tornar líquido ou de incendiar-se. Toda noite, me olhando após um banho – pontos de espuma nos mamilos e pelos pubianos, uma palma dócil dentro da outra, pulsos acostumados a ficarem juntos, aço reluzente tão natural e decorativo como pentes de prata no cabelo –, toda noite, agora, eu me deleitava com a minha beleza.

Anos atrás, depois que as frenéticas obsessões adolescentes se acalmaram, eu tinha analisado meu corpo e decidido que era decente. Sabia muito bem quais partes poderiam ter uma aparência melhor, mas, por mais de uma década, não tinha me preocupado com essas reconhecidas deficiências. Sempre que caía na armadilha de criticar muito meu corpo, me dizia que para cada defeito aparente havia algo agradável a apontar, o conjunto resultando em um equilíbrio aceitável. Mas agora, sob os olhos e as mãos dele...

Eu não tinha pulado corda nem corrido no parque, não tinha perdido nem ganhado um único quilo, era absolutamente o mesmo corpo em que eu vivia desde a idade adulta. Mas lá estava: irreconhecível, transformado, flexível, gracioso, refinado, adorado. A carne que levava à curva de um cotovelo, onde duas veias cerúleas desvaneciam na pele opaca, primorosamente suave; uma barriga como seda inclinando-se suavemente até os quadris; os braços juntando-se ao torso para formar uma dobra delicada como aquela no centro do monte de vênus; uma concavidade rasa e oval na parte interna da coxa, subindo a partir do joelho, suavizando-se delicadamente, dando lugar a um lento amadurecimento, um branco macio infinitamente sensível, o tecido mais fino do mundo...

– Tenho que ir pra uma reunião – ele diz. – É o fechamento do caso Handlemeyer, só uma formalidade, não deve demorar muito.

Ele está se vestindo outra vez, agora que terminou de fazer o jantar: um termo diferente, embora de corte igual àquele que tirou duas horas atrás; este é cinza escuro em vez de azul-escuro. Uma camisa limpa, azul-clara, idêntica à que estou usando, e uma gravata de seda cinza escura com pontinhos cor de vinho formando uma estampa de diamantes. Ele diz:

– Gostaria que você fizesse algo antes de eu sair.

Ele me leva ao quarto e diz:

– Deite.

Ele amarra meus tornozelos ao pé da cama e meu pulso esquerdo à cabeceira e senta na cama ao meu lado. Desliza a mão direita pela minha coxa direita, esfrega meu quadril com a mão, toca de leve meu estômago com aquela parte da mão com a qual os orientais na televisão dão golpes de caratê. Descansa o dedão no meu umbigo por um momento, fazendo a pressão mais leve possível; então, abre os únicos dois botões da minha camisa que estavam fechados e, com as duas mãos, gentilmente afasta o tecido. As mangas do terno dele roçam meus mamilos.

Minha respiração está irregular desde que ele me mandou deitar; sempre que ele me toca eu prendo a respiração, e então ela se torna rápida e rasa até o próximo toque dele. Não consigo manter minha cabeça parada no travesseiro. Ele pega minha mão direita, que está livre. Ele a segura e me olha enquanto chupa cada um dos meus dedos até que estejam pingando saliva. Então, guia minha mão até o meio das minhas pernas e diz:

– Quero ver você se tocar até gozar.

Ele está sentado casualmente, confortavelmente, uma perna sobre a outra, vincos nítidos no terno recém-lavado. Eu não tento mover minha mão. Ele espera.

– Você não entende – minha voz está embargada. – Eu nunca... – ele fica em silêncio. – Nunca fiz isso na frente de ninguém. Tenho vergonha.

Ele pega o maço de Winstons do criado-mudo, põe um cigarro na boca, acende, puxa o ar sem habilidade, com os olhos entrecerrados, e coloca-o nos meus lábios. Um momento depois, tenho de mover minha mão para segurar o cigarro.

– "Tenho vergonha." – ele repete. Seu tom de voz é inexpressivo; não há nenhuma inflexão sarcástica, assim como não há sinal de raiva no que ele diz em seguida. – Você é bem estúpida, não é? Ainda não percebeu como é com a gente.

Sem mexer no cigarro, ele tira o relógio do meu pulso livre.

– Volto em umas duas horas, não mais que isso.

Ele desliga o abajur do criado-mudo, em seguida o do canto, e fecha a porta do quarto silenciosamente.

Estou abalada e, no momento, preocupada sobretudo em conseguir acender outro cigarro depois deste. No criado-mudo há um pires que uso como cinzeiro e o maço de Winstons, mas ele colocou o isqueiro que comprou para si – isto é, para ele acender os meus cigarros – de volta no seu bolso. Não há nenhum fósforo à vista. Ponho o cigarro meio-fumado em um canto da boca, pego o pacote, balanço até soltar um cigarro, coloco o pacote sobre o meu estômago e coloco o cinzeiro ao lado do meu quadril direito. Seguem-se umas viradas, giros e alongamentos desajeitados, mas consigo, mesmo que amassando o pacote ao me virar: transfiro o cigarro meio-fumado à mão presa na cabeceira, seguro com a mão livre o cigarro novo, encosto-o no outro, espero e coloco-o na boca. Na terceira vez, ele acende. Não me pergunto por que não estou pensando com clareza suficiente para simplesmente colocar um cigarro apagado na boca e segurar o aceso contra ele; nem me pergunto por que simplesmente não me desamarro, algo que poderia realizar com mais facilidade, e com certeza com mais rapidez, do que o malabarismo suado que acabei de fazer.

Meu rosto queima outra vez à ideia de ele – de qualquer um – me assistindo. Penso: é a primeira vez que eu disse não. E então: isso é bobagem, que melodrama. Expliquei algo para ele, é só isso, algo que não sabe sobre mim.

– Ele sabe que eu faço qualquer coisa – eu digo em voz alta, mas sem muita firmeza, ao zumbido sutil do ar-condicionado, às sombras no teto, à forma no escuro que é a cômoda dele. Estou chocada por ter sido eu quem disse essas palavras, que agora ressoam nos meus ouvidos. Tento fazer uma lista do que eu não faria. Uma vez fiz sexo anal com alguém e doeu e nós paramos; mas eu tentaria de novo, com ele, se ele quisesse. Já li que as pessoas urinam umas nas outras; cagam. Nunca fiz isso e a ideia quase me dá náusea – com certeza ele também nunca iria querer isso. Mas o que eu pensava, semanas atrás, sobre ser amarrada e espancada? E por que haveria qualquer diferença entre os vários jeitos como ele me faz gozar e me masturbar na frente dele, se lhe dá prazer? Mas a vergonha faz meus olhos se fecharem, deixa minhas pernas frias, faz meus dentes rangerem.

Quase uma década atrás, uma boa amiga minha descreveu como ela e seu amante se masturbavam juntos e o quanto ela gostava disso.

– Não se preocupe – ela me disse quando eu deixei escapar (não com hesitação dessa vez, mas com horror espontâneo) que eu nunca poderia fazer isso, que não faria, nunca. – É só o seu bloqueio pessoal. Todo mundo tem alguma coisa. Eu não aguento quando um homem põe a língua na minha orelha, me dá arrepios – ela gargalhou.

Eu falo em voz alta:

– Meu bloqueio. Meu bloqueio.

De repente, respeito a palavra. Não é mais um termo genérico, frouxo e anônimo, mas um espectro escuro, preciso: a forca em um mercado, linchamentos ao meio-dia; e lá está ele, à porta.

Ele acende a luz do criado-mudo, coloca o relógio de volta no meu pulso, cuidadosamente passando a pulseira fina através das duas argolas; eu sou impaciente demais para fazer isso e sempre paro depois da primeira argola, de modo que a segunda está dura por falta de uso. Ele diz:

– Você começou a se masturbar nova.

Eu rio.

– Isso é ou um chute ou uma acusação – digo. – Como foi a reunião?

Ele não diz nada. Eu me foco nas maçanetas de bronze da cômoda, mentalmente vendo-as com nitidez.

– Acho que sim… seis anos… não me lembro.

Ele me incita:

– E várias vezes, quando adulta.

Começo uma das frases que ensaiei na ausência dele, frases razoáveis, frases adultas: escolha e preferência, e o delicado equilíbrio de intimidade *versus*… eu hesito. Deixo as maçanetas de bronze para trás, encaro a janela agora, a necessidade de não olhar para ele é esmagadora. Ele envolve meu rosto com as duas mãos e lentamente o vira para o lado da cama em que está sentado.

Ele fala deliberadamente.

– Quero você comigo, mas não vou forçá-la a ficar.

O ar-condicionado muda de velocidade, ronrona. Eu abro a boca, ele põe um dedo gentilmente sobre meus lábios.

– Olha, é assim que é com a gente. Enquanto estiver comigo, você faz o que eu digo. Enquanto estiver comigo – ele repete simplesmente, sem maior gravidade –, você faz o que eu digo.

E um momento depois, irritado:

– Pelo amor de Deus, qual é o problema?

E finalmente, casual:

– Você pode tentar de novo. Eu posso pegar um pouco de creme. Posso baixar as luzes.

– É a única coisa – eu digo, meu rosto voltado para a janela. – Peça qualquer outra coisa e eu faço.

Ele tira do gancho o telefone do criado-mudo, disca um número de cor, dá seu nome, seu endereço e o meu, e fala:

– Quinze minutos.

Ele pega a maior das malas da prateleira mais alta do armário e a abre no chão do quarto. Eu trouxe em parcelas as coisas que estão agora espalhadas pelo apartamento dele: em uma grande cesta de vime uma vez, em uma mala de mão em outra, às vezes só coisas que enfiei numa sacola de compras. Ele tira do cabideiro minhas roupas, todas do lado esquerdo do armário, e as dobra – ainda nos cabides – e elas são postas cuidadosamente no fundo da mala. Um cachecol aqui, outro ali, a caneta-tinteiro que ele comprou para eu parar de usar a dele, alguns livros na sala de estar, meia dúzia de discos, quatro pares de sapatos, roupas de baixo misturadas na segunda gaveta da cômoda, o frasco fechado de Miss Dior que ele comprou para mim no sábado passado, e um segundo, quase vazio.

Uma ida à cozinha. Ele volta com uma grande sacola de plástico, e ouço a parafernália do banheiro caindo dentro dela. Ele está de volta no quarto; a sacola ocupa a maior parte da mala. Meu secador de cabelo, minha agenda, e a mala está fechada. Ele não precisou nem de cinco minutos.

Ele me desamarra e massageia cada tornozelo e meu pulso esquerdo por um longo tempo, embora as amarras estivessem frouxas o bastante para não deixar marcas. Gentilmente tira de mim a sua camisa azul. Ele deixou de fora um suéter de verão meu, dobrado numa cadeira. Ergo os braços automaticamente e ele passa a lã clara pela minha cabeça. Uma saia de linho cinza em seguida. Estou tão acostumada a ser vestida por ele que espero ele se ajoelhar na minha frente enquanto piso dentro da cintura. Eu penso: nunca disse a ele que eu sempre coloco as saias pela cabeça; ele pensa em saias como equivalentes a calças, então acha natural eu entrar nelas e então as puxar para cima. E: ele esqueceu a calcinha, não posso sair na rua à meia-noite de saia e sem calcinha. Piso em meio à cintura aberta da peça, olhando-o levantar-se enquanto ergue a saia até meus quadris; o suéter sendo erguido enquanto ele puxa o zíper do meu lado esquerdo e encaixa o fecho; a leveza da lã sobre a aspereza do linho.

Agora ele segura minhas sandálias e faz um gesto para que eu sente na cama. Eu ofereço cada pé de uma vez, flexiono-o em um arco, assisto enquanto coloca a sandália e fecha a fivela. Agora está atrás de mim e penteia meu cabelo.

– Eu te acompanho até o táxi. Se encontrar mais alguma coisa sua, deixo no seu apartamento.

A escova dele no meu cabelo, lentos movimentos sedutores, pequenos estalos de eletricidade. Eu me viro e agarro as coxas dele. Ele se mantém parado. Estou chorando alto como uma criança. Suas duas mãos estão no meu cabelo, a escova caiu no carpete.

– O táxi vai estar aqui a qualquer minuto – ele diz; e o interfone toca no mesmo instante.

Minha voz, erguida:

– Você não pode...

E a dele, calma, no interfone:

– ... gentileza de dizer que estaremos aí num momento.

E, para mim:

– Achei que você tinha se decidido.

E então – ajoelhada à frente dele, não para satisfazê-lo com minha boca como tantas vezes antes, mas em abjeção – faço uma súplica incoerente, mas clara:

– Qualquer coisa.

E:

– Por favor.

E a voz dele na caixa de bronze outra vez, suave:

– Dê cinco dólares pra ele, Ray, e peça que espere, por favor.

Ele dá poucos passos do corredor até o quarto e rosna como um bruto:

– Tá bom então, *vai, faça.*

Meu corpo empurrado e a bainha da saia pinicando ao redor do pescoço. Ele tira o anel do pai, que usa na mão direita, o joga na cama, me segura pela garganta com a mão esquerda, usa a mão, agora sem anel, para bater no meu rosto, a palma contra a bochecha esquerda, as costas contra a direita, e a palma outra vez.

– Tá bom então, vamos vê-la *fazer*, agora.

Minha própria mão enfiada na minha boca:

– Facilitar pra ela, deixar bem gostoso e *molhado.*

E na voz mais suave possível, um murmúrio:

– Eu vou começar pra você, querida, vai ser tão simples.

Minhas coxas são afastadas; um calor cresce sob a língua dele e há só uma leve mudança quando ele levanta a cabeça e coloca a minha mão onde ele começou o que eu conheço bem demais para tentar – ou querer – combater. Meu indicador e dedo do meio deslizam como sempre, e eu estou gozando.

– Eu adorei isso – ele diz. – Eu adoro ver a sua cara. Você fica tão extraordinária quando goza, você deixa de ser bonita e se transforma numa coisa faminta, sua boca fica escancarada.

E, no corredor:

– Dê outra nota de cinco, Ray, e mande ele pra casa.

Nada tinha me preparado. Alguns anos antes eu tinha lido *A história de O*, intrigada no começo, horrorizada após algumas páginas, enojada muito antes do fim. Na vida real, sadomasoquistas eram aberrações que usavam couro, cômicos e absurdos nos seus trajes ridículos. Se uma amiga ou colega tivesse me dito que se deixava amarrar ao pé de uma mesa depois de um longo dia no escritório... bem, o assunto nunca tinha surgido. Mas Deus sabe que eu não teria acreditado.

Às 16h30 numa sexta-feira ele me liga no trabalho:

– Você vai estar no quarto 312 no Algonquin, às 17h30.

Eu tinha almoçado lá uma vez. Uns dias antes, durante mais uma das nossas conversas intermináveis ("Vamos comparar restaurantes" – "e hotéis" – "tem o Ritz Paris" – "ridículo" – "ZumZum, então" – "uma boa *bratwurst* – "um chucrute terrível" – "um café medíocre..."), eu disse a ele como o saguão do Algonquin me parecera romântico, assim como o luxuoso canto vermelho onde eu tinha sentado com dois clientes. Eles estavam há muito acostumados ao charme do lugar e eu contei como tive de conter minha apreciação para conseguir me concentrar no que estavam dizendo.

Pretendo ir de metrô, mas um casal idoso sai de um táxi na frente do trabalho logo que eu passo pelas portas giratórias. Eu seguro a porta do carro para eles e ouço os músculos da minha coxa doendo enquanto repito para mim mesma: "Você vai estar... às cinco e meia". Entro pela porta do Algonquin alguns minutos depois. Bato no 312, duas vezes, mas não há resposta e a porta está destrancada. Eu imagino que ele está esperando por mim. Digo o nome dele à porta do banheiro, que está entreaberta. Chego até – num impulso só meio brincalhão – a abrir o armário. Não há ninguém lá.

Há pilhas de pacotes na cama. Não embrulhados para presente, mas o tipo de coisa que se joga numa cama depois de um dia de compras antes do Natal. A chave do quarto está no cinzeiro no criado-mudo, a caligrafia dele em um bilhete enfiado acima dos números do telefone.

"Abra" está escrito, "tome um banho e vista-se."

Começo com uma das sacolas de compras menores, da Brooks Brothers. Contém uma camisa azul claro, como as que eu venho usando todas as noites, mas menor. Meias masculinas estão numa sacola da Altman. Uma caixa que parece ser de um chapéu de criança contém uma barba e um bigode castanho-claros enrolados em lenços de papel. Minhas mãos tremem um pouco quando desembrulho o pacote maior: um terno cinza escuro e um colete. Depois, sapatos. Uma gravata. Uma peruca loira de homem. Um pequeno pacote de alfinetes da Woolworth's. Um lenço branco. Um chapéu de verão masculino.

Eu empurro as embalagens para o lado e sento na beira da cama, segurando a peruca com ambas as mãos. É uma peruca cara; o cabelo, humano e macio. Alarme e excitação competem dentro de mim, lado a lado, como carros acelerando em uma estrada escura. A cada poucos minutos eles diminuem o espaço entre si e se tocam sem som nem faíscas, suavemente. Quando estou na água do banho – posso escolher entre Estée Lauder, Jean Naté e Vitabath (mas não consigo, e despejo grandes quantidades de cada um embaixo das torneiras abertas; eles se cancelam, e pela primeira vez em semanas estou submersa em uma água leitosa sem espuma, em meio a uma confusão de aromas) –, o alarme decide fazer um desvio. A excitação me leva adiante, quilômetros escuros se alongando à frente, faróis iluminando só um metro da estrada cinza enquanto eu giro a barra de sabonete virgem várias vezes entre as mãos.

Eu me seco na sequência em que ele me seca toda noite: rosto e pescoço, pés e pernas, costas e nádegas. A única coisa que falta à fantasia na cama é roupa íntima. O revestimento das calças é suave contra a minha pele. As meias servem, a camisa serve. Meus seios são pequenos, de modo que as camadas de camisa, colete e por fim terno os escondem completamente.

Provo os sapatos – um estilo com ponta, antiquado, como os dele. O forro de couro é brilhante e pungente – por que sapatos de mulheres não cheiram bem assim? – e o esquerdo parece um pouco apertado no começo.

Há um pequeno pote de cola para maquiagem artística, um pincel preso à parte interna da tampa. Tenho um dilema: não consigo decidir se a cola vai atrás do bigode e da barba ou na minha pele. Acabo passando uma camada fina atrás deles, quase como uma tela, e posiciono o bigode debaixo do meu nariz. Faz cócegas e parece algo saído direto de uma peça de teatro escolar, o que me faz rir alto. Preciso fazer três ajustes para conseguir que fique nivelado sobre meu lábio superior. A barba é mais difícil. Várias vezes, enquanto a cola está se assentando e ficando pegajosa, eu tiro e começo de novo, reposicionando, até que ela fique à mesma distância das minhas orelhas de cada lado e parada sob o queixo. A peruca, em comparação, é fácil: faço um rabo de cavalo no topo da cabeça, torço-o, e uso grampos para prender os fios soltos. Uma vez que a peruca está sobre o cabelo, serve perfeitamente na minha cabeça. Cuidadosamente, levanto uma camada superior de cabelo e fixo mais alguns grampos através da peruca até meu próprio cabelo. Atrás do meu pescoço, o cabelo da peruca toca o colarinho da camisa, quase sobre minhas orelhas, e cai sobre a testa em uma onda grossa.

No processo de guardar de volta os lenços de papel em que o bigode estava embrulhado, encontro, na mesma caixa redonda, um par de sobrancelhas. Colo-as sobre as minhas. Estive me examinando no espelho sobre a penteadeira durante todo o processo, mas focada nos detalhes. Agora entra em ação o mecanismo que permite que, em vez de focar um vidro, com cada partícula de poeira e impressão digital, se passe a ver o lado de fora, o vidro desaparecendo. Há um rosto no espelho, não mais só uma barba isolada ou a inclinação de uma peruca. O alarme grita para mim de uma viela obscura e colide com a excitação antes que ambos continuem a acelerar, lado a lado. Vejo que ele parece desconfortável de um modo familiar, mas não reconheço mais nada. À minha frente está sentado um jovem esbelto e bonito. Se alguém o apresentasse a mim em uma festa eu reconheceria uma resposta involuntária, um aceno em algum lugar dentro de mim, dizendo: possivelmente... Ele tem grandes olhos cinza, volumosos cabelos loiros, sobrancelhas peludas e claras e um belo nariz; pele clara e uma barba curta, loiro-avermelhada. Reconhecendo a fagulha de compreensão preliminar entre nós, ele se inclina para mim; ele, também, gosta do que vê. Mas só dura um momento. Há um repuxo violento dentro de mim e o alarme me domina. O quarto gira, eu me agacho no chão ao pé da cama, uma frase martelando em meu peito: quero minha mãe.

Isso, também, passa. Eu puxo o cabelo para cobrir minha testa, abro o maço de Camels que está na mesa do criado-mudo. Nunca fumei um Camel e começo a tossir imediatamente, a garganta arranhando. Mas inspiro mais profundamente da segunda vez e, de uma forma perversa, o sabor grosseiro esvazia minha mente; não estou mais atordoada, mas lúcida e calma. Penso brevemente sobre onde colocar o lenço. Não consigo lembrar onde ele deixa o dele e finalmente o coloco no bolso de trás das calças. Nunca usei uma peça de roupa com bolsos de trás antes, e deslizo a mão para dentro e para fora, sentindo o tecido liso e a curva da nádega por baixo.

Só faltam dois itens – a gravata e o chapéu – e ambos me dão trabalho. A gravata, eu descubro, vem com instruções: uma fina folha de papel metida nos lenços de papel que estão enrolados ao redor da seda. Ele fez cinco diagramas. No título se lê: "O que está no desenho é o que está no espelho, siga passo a passo". Na primeira vez o nó fica uns dois centímetros abaixo do primeiro botão do colarinho; na segunda, eu acerto. O chapéu, porém, é um mistério. Coloco-o no topo da cabeça cuidadosamente, e então o puxo para baixo de leve, inclinando-o de um lado para outro. Conheço chapéus o suficiente para saber que é do meu tamanho; ou melhor, do tamanho correto para minha cabeça com o cabelo preso e a peruca, mas não importa como o arrumo, fica estranho. Nem mesmo tentar replicar os ângulos usados por vários atores de filmes, ou a aparência do meu único amigo que usa chapéus regularmente, faz sentido em relação à imagem no espelho.

Finalmente desisto, relutante, e coloco o chapéu de volta na caixa. São sete horas no meu relógio de bolso, que tiro e coloco na bolsa. Lavo as mãos. Fico em frente ao espelho de corpo inteiro, abotoando e desabotoando meu terno, fazendo poses – primeiro com uma mão, depois com a outra no bolso de trás. Então, despreocupada e sorrindo, tiro meus brincos e os coloco junto ao relógio. E descubro o cinto, enquanto estou cuidadosamente dobrando os muitos embrulhos, retornando – como se executasse uma tarefa atribuída – cada folha dos lenços de papel à sua respectiva caixa ou sacola.

O cinto é idêntico ao dele, mas mais rígido. Cabe na palma da minha mão esquerda e lentamente se desenrola quando o ponho sobre a colcha. Eu traço seu comprimento com os dedos, em seguida fecho minha mão em um punho ao redor da fivela. Abro-a, enrolo o couro algumas vezes ao redor da mão, e faço um punho mais uma vez. Estou paralisada pela memória de uma mulher, seus pulsos amarrados a uma ducha, se contorcendo sob os golpes deste cinto, que corta as cortinas de água vez após vez. O telefone toca.

– Estou no saguão – ele diz. – Desça. Não esqueça a chave do quarto.

Coloco a chave no bolso direito do terno, a transfiro para o bolso direito das calças, e a ponho no bolso esquerdo do terno, agora com ansiedade. Passo o cinto pelas argolas da calça, me atrapalho fechando a fivela. Pego o maço de Camels e uma caixa de fósforos e não sei onde colocá-los. Acabo segurando-os na mão esquerda. Um homem baixo e calvo espera comigo na frente do elevador por um momento, em seguida resmunga e deixa o corredor rapidamente. Eu olho para ele e percebo que é tão baixo quanto eu. Com saltos de oito centímetros sou alta para uma mulher; agora sou um homem abaixo da média.

Uma mulher de meia-idade está ao fundo do elevador. Entro e fico perto da porta. Quando chegamos ao primeiro andar e estou prestes a sair no saguão, me lembro. Dou passagem para ela, e ela passa pela porta, sem olhar para mim. Estou corando e tenho de me esforçar para não sorrir. Que ritual incrível, penso e, simultaneamente: eu passei!

Ele está sentando em um sofá de canto, acena para que eu sente na cadeira à sua frente, do outro lado de uma mesinha redonda sobre a qual há uma campainha de bronze, seu copo de uísque e um cinzeiro vazio. Ele está usando seu terno cinza, idêntico ao meu. Olha para mim por um longo tempo, analisando os sapatos, o caimento do colete, o nó da gravata, e o cabelo.

– E o chapéu?

– Eu... não consegui que ficasse direito. Tentei por muito tempo.

Ele sorri; em seguida, ri alto, toma um gole da bebida e parece completamente encantado.

– Não importa – ele diz, por fim, ainda sorrindo. – Você está bem assim. Você está ótima, na verdade. Vamos esquecer o chapéu.

Ele se inclina para a frente e toma minhas mãos nas dele, como que aquecendo as mãos de uma criança que entrou em casa depois de construir um boneco de neve.

– Não fique ansiosa. Não tem por quê.

Um garçom aparece, parando a uns dois passos de nós. Ele pede vinho para mim e mais uísque para ele, ainda na mesma posição: os cotovelos nos joelhos, ombros curvados para frente, as mãos ao redor das minhas. Estou sentada rígida, ereta, com os olhos nos meus braços tesos, estendidos até ele. Sou tomada por aquela mistura de sentimentos contraditórios a que já deveria estar acostumada, uma vez que variações desses sentimentos têm me invadido quase diariamente desde que nos conhecemos. Estou profundamente encabulada, estou corada, estou tremendo – e estou extasiada, bêbada antes que o vinho chegue, inflamada com um entusiasmo inconsequente.

O garçom não tem nenhuma reação, pelo menos a julgar por sua expressão ao trazer nossos drinques, quando eu finalmente consigo olhar para ele.

– Você sabe que está tudo dentro de você, né? – diz o homem sentado à minha frente, usando o mesmo terno que eu. – Ninguém mais está ligando. Mas me diverte ver que você se importa.

Vamos para uma sala de jantar em seguida, onde ele segura minha mão entre cada prato que nos é servido. Eu tenho dificuldade em mastigar, mais ainda em engolir; bebo quase o dobro da quantidade de vinho a que estou acostumada. Ele toma outro drinque no bar, sua mão leve sobre a minha perna.

No quarto, ele me impele em direção ao espelho. Com o braço dele ao redor do meu ombro, olhamos nosso reflexo: dois homens, um alto e barbeado, o outro mais baixo, com uma barba castanho--claro; ternos escuros, uma camisa rosa e uma azul-clara.

– Tire seu cinto – ele diz numa voz baixa, e eu obedeço, incapaz de desviar meus olhos dos dele no espelho.

Sem saber o que fazer em seguida, enrolo o cinto outra vez que nem uma serpente, como estava na caixa. Ele o pega e diz:

– Deite na cama.

E:

– Não, de quatro.

Por trás de mim, ele abre minhas calças, e então diz:

– Puxe as calças pra baixo da bunda.

Algo cede dentro de mim e meus cotovelos não suportam mais meu peso. De joelhos, a cabeça entre os braços, saem da minha garganta sons que não consigo interpretar: nem medo nem desejo, mas a inabilidade de distinguir entre os dois, que resulta em... Ele me bate, um travesseiro sobre a minha cabeça para abafar meus gritos, e então me toma como faria com um homem. Eu grito mais alto que antes, meus olhos escancarados para a escuridão do travesseiro que cobre meu rosto. Dentro de mim, os movimentos dele param de repente. Ele me obriga a deitar, sua mão direita sob mim, entre minhas pernas. Alongado de corpo inteiro sobre mim, ele levanta o travesseiro e ouve meus soluços diminuírem. Quando percebo que estamos respirando em uníssono, calmos, os dedos dele começam um movimento infinitesimal. Logo, estou respirando rápido outra vez. Ele empurra o travesseiro no meu rosto quando eu gozo e logo ele goza, também. Ele pega um pacote de lenços de papel do criado-mudo e coloca entre as minhas pernas. Quando o remove, mais tarde, está embebido em sêmen e tem um tom rosado. Me abraçando, ele murmura:

– Tão apertado e quente, você nem imagina...

Algumas vezes eu me perguntava, de modo abstrato, como era possível a dor ser tão excitante. Uma vez, durante esse período, eu bati meu dedão do pé, de sandálias, na minha mesa. Xinguei, pulei para cima e para baixo, manquei até o escritório de um colega para ganhar um pouco de solidariedade, e não consegui me concentrar no trabalho pelos quinze minutos seguintes porque o latejo leve, mas incessante, me distraía e irritava. Mas quando era com ele, dor e prazer se tornavam indistintos, de modo que se transformavam nos dois lados de uma mesma moeda: sensações diferentes em qualidade mas iguais em resultado, igualmente intensas, um estímulo tão capaz de me excitar quanto o outro. Como a dor sempre era um prelúdio, e só um prelúdio – às vezes horas antes, mas sempre eventualmente levando ao orgasmo –, ela se tornou desejada, tão sensual e intrínseca para fazer amor como ter meus seios acariciados.

Estão batendo na porta. São 18h30 e eu só entrei em casa há alguns minutos. Quando espio além da corrente da porta, lá está ele: revirando os olhos, uma sacola de supermercado na dobra do braço direito, a alça da pasta entre dedão e indicador, os dedos remanescentes da mão esquerda envolvendo uma sacola com o logo da Bendel; o *Post*, dobrado longitudinalmente, está entre os dentes.

Um aceno decisivo – o jornal balança sobre cabeças de aipo – me diz que ele não quer ser aliviado. Ele entra na cozinha e deposita as compras na mesa com uma batida surda satisfatória; dá uma virada brusca, joga o *Post* no corredor e a pasta para dentro do quarto. A pasta cai com um estrépito. Ele pisca para mim com seriedade e, com ambas as mãos, cerimoniosamente, deposita a sacola da Bendel na cama arrumada.

– *Depois* do jantar – ele diz sorrindo, em resposta à minha sobrancelha erguida.

– Você não carregou o jornal na boca na rua.

– Não. Coloquei na boca antes de bater na porta, com o pé. Para criar um efeito.

Ele me lança um olhar rígido.

– Agora? – eu pergunto, depois da salada.

– Claro que não – ele diz. – Você acha que somos o quê, os vigilantes do peso? Vamos ter omelete.

– Sua Majestade não sabe o que cozinhar. Outra vez.

Ele dá um aceno implacável:

– E você vai adorar.

Depois que a omelete foi comida – as omeletes dele são deliciosas; vegetais frescos misturados, queijo derretido por cima, cogumelos *sauté* inteiros de acompanhamento – eu limpo a garganta.

– Agora?

– Sério – ele diz –, é como se você nunca tivesse comido aqui antes. Geralmente não arranjo alguma sobremesa? Tem *baklava*.

– *Baklava* – eu gemo – depois de ovos, que combinação medonha. Eu estou cheia.

– Como quiser – ele diz. – Estou sentindo o gosto desde que ele olhou pra mim da vitrine de uma padaria na Bleecker. Você pode me olhar comer.

Depois de chupar as últimas gotas de mel dos dedos dele, eu estalo os lábios.

– Que nojo – ele diz. – Você precisa de outro banho. Tem mel no seu pescoço, também, pelo amor de Deus, até suas sobrancelhas estão gosmentas.

Ele pega uma toalha molhada e esfrega meu rosto.

– Muito bem – eu digo pomposamente. – Acabou. Posso, por favor, ver o que tem na sacola da Bendel?

– Você nem *encontrou* a *segunda* sacola – ele se gaba. – Eu escondi dentro da de compras, ficou batendo nos tomates. Além disso, nem tomei café ainda, sem cafeína é capaz que eu caia no sono, foi um longo dia.

Leva mais quinze minutos até estarmos acomodados na sala de estar. Estou sentada em um travesseiro ao pé do sofá, algemada à mesa de centro; espero enquanto ele faz o café, aquece água para o meu chá, lava os pratos e carrega a bandeja para a sala de estar.

Ele se mostra ostensivamente relaxado e contente: acende um cigarro pra mim, coloca os pés na mesa, reprime um bocejo, e estende a mão para o *Post*.

Eu grito:

– O QUE TEM NA SACOLA DA BENDEL?

Ele coloca um dedo no meu lábio inferior e franze as sobrancelhas.

– Shhhh! Sh! Como você é grosseira! O aluguel aqui é caro de propósito, pra não deixar entrar gente que fica berrando. A velha Chrysler vai estar na porta num minuto, eu já te contei sobre ela? No fim do corredor, no 15D. Toda semana ela precisa ouvir uma nova história de estupro e algumas de assalto, senão fica constipada. E ela está sem notícias escandalosas há nove dias...

– Zombando das funções corporais de senhoras idosas – eu digo. – Não dá pra ser mais baixo que isso. Vou chutar essa mesa de baixo dos seus pés. Vai distender suas costas e te deixar com uma dor crônica na lombar.

Ele suspira ostensivamente, tira os pés da mesa, desaparece e volta em três pulos, um pacote em cada mão, braços erguidos em triunfo sobre a cabeça. Ele joga os pacotes do outro lado da sala e ajoelha do meu lado para abrir as algemas. Esfrega meus pulsos automaticamente: um reflexo que se tornou enraizado nele e não tem nada a ver com o estado dos meus pulsos, que agora, na maioria das vezes, não mostram nem uma linha rosa onde o metal os tocou. Eu me tornei especialista em ficar confortável e incólume dentro das algemas.

– Ok – ele diz. – Vou sentar e você vai até lá, vê o que tem dentro e coloca.

– Companhia de teatro do 15B – eu resmungo e ele dá um aceno afirmativo.

– Pode apostar. Apresentação especial.

Abro a sacola da Bendel primeiro. Ela contém, enfaixados no luxo esbanjador de seis camadas de lenços de papel, uma cinta-liga de renda preta e um par de meias-calças cinza claro. Com costura. O riso sobe irresistivelmente na minha garganta. Eu rio alto, rio sem parar, alongo aquela coisa de renda de uma ponta a outra no ar – parece vagamente esquelética, como uma asa de morcego. Coloco-a na cabeça. Pego uma das alças balançando entre os dentes; fico de olhos vesgos quando outra passa na frente do meu nariz; uma terceira faz cócegas na minha orelha.

– Tranças nagô! – ele berra. – Você nunca esteve tão erótica...

Ele uiva, urra, grita. Somos pegos, na distância que nos separa, por aquele tipo de ataque de riso a que às vezes se sucumbe, sem aviso, sem trégua, quando se é criança, ou quando se está em um estágio muito específico, avançado e breve da embriaguez: quando é impossível explicar a piada para um observador; quando é impossível explicar a piada para si mesmo (não que se tente), quando é impossível parar de rir, muito depois que seu corpo está doendo dos dois lados.

– Que merda de...

Ele esfrega o rosto e bate no travesseiro ao seu lado. Quando responde, eu já me acalmei. Tirei a coisa da cabeça e a seguro no meu colo.

– Veja bem – ele diz, ainda sorrindo. – Estou realizando, com atraso, uma antiga fantasia minha. Da adolescência. Onze... bem, não é nem... enfim. Pensei tanto sobre essas coisas, quando tinha onze, quinze, vinte e dois, trinta e dois anos. Uma *cinta-liga preta*, não numa revista ou no cinema, mas numa *mulher de verdade*. E meias-calças com costura! Nenhuma mulher com quem transei usava isso, nenhuma! O que posso dizer? Tive que tomar o problema nas minhas próprias mãos – ele me dá um olhar obsceno e pisca. – Quero finalmente ver como fica, na vida real.

Eu conto que nunca usei uma cinta-liga, embora tenha pensado em comprar uma, várias vezes, durante anos. Exceto, digo, que não consigo me lembrar de ter me imaginado numa preta, sempre pensei que ela seria... rosa, talvez, ou branca; estamos rindo outra vez. Ele descreve a vendedora séria que o atendeu, uma mulher da idade das nossas mães: com peitos grandes, impecável, boca brilhando, desinteressada. Ela colocara uma seleção aleatória à frente dele e apontara algumas características especiais: alças ajustáveis e um elástico na parte de trás desta (dá um caimento melhor), presilhas especiais naquela, pequenas rosáceas de tecidos contrastantes e cores complementando as fivelas em uma outra; todas, naturalmente, laváveis em água fria.

– Você escolheu um dos dois melhores modelos, senhor – ela lhe dissera.

Ele quis perguntar qual era o outro, mas desistiu quando ela disse "Algo mais?" no que pareceu a ele uma voz quase venenosa.

– Agora olhe a segunda caixa – ele diz todo contente, empurrando a mesa de centro para longe do sofá. Ele está sentado com as pernas afastadas, pés nus afundados no carpete, dedos apontando para fora; um cotovelo em cada joelho, o queixo na palma das mãos, seus dois dedos com anéis esfregando a pele dos cantos exteriores dos olhos. O cabelo dele, já seco do banho que tomou antes do jantar, cai suavemente sobre a testa. Uma fina camisa branca de algodão, bastante desgastada no colarinho, desabotoada, com as mangas arregaçadas; os pelos do peito encaracolado e, mais pra baixo, menos, desaparecendo em shorts velhos e folgados.

– Você nem imagina como está agora – eu digo. – Um Crusoé, feliz na sua ilha, que nunca vai usar um terno de novo. Estou tão apaixonada por você.

Ele estreita os olhos e morde o lábio inferior com um canino superior, tentando disfarçar um sorriso – tímido e contente e tão completamente querido para mim que minha visão embaça. Ele se afunda no sofá, a cabeça inclinada sobre as almofadas. Sua garganta arqueada reluz do outro lado da sala. Ele enfia as duas mãos no cabelo e diz para o teto, inexpressiva e deliberadamente:

– Isso tem que continuar assim. Só precisamos fazer com que continue assim.

E, sentando e se curvando para frente e acenando um braço estendido, com um dedo apontado para mim, diz, numa voz retumbante:

– Abra a outra sacola, droga! Você pediu e reclamou a noite inteira, agora está aí, arrastando os pés!

– Está *bem* – respondo –, *sim, senhor*!

A sacola contém uma caixa de sapatos da Charles Jourdan, uma loja que eu só vi pelo lado de fora, reconhecendo com sabedoria que às vezes até meu cartão da Bloomingdale's é uma tentação muito grande. Levanto a tampa bege lustrosa. Enfaixado em ainda mais lenços de papel está um par de elegantes Pumps de camurça cinza claros, com saltos tão altos que eu fico horrorizada.

– Anda *você* nisso aqui! – eu digo, veemente. – *Meu Deus*, nem sabia que eles faziam saltos desse tamanho!

Ele caminha lentamente pela sala e se agacha do meu lado no chão, sorrindo, encabulado.

– Humm, sim, entendo o que você quer dizer.

– *Entende o que eu quero dizer* – eu repito. – Como poderia não entender? Você tem certeza que isso são sapatos?

– São sapatos, sim. Então você não gosta deles. Nem um pouco? Tirando os saltos?

– Claro! – eu digo, segurando um sapato em cada mão, a camurça tão suave como veludo. – Por que não gostaria? Eles são sensacionais. Claro, é difícil superar uns apêndices tão peculiares, e provavelmente custaram uma fortuna...

Ele dá de ombros, subitamente encabulado.

– Olha – ele começa –, eles não são pra usar. Na rua, quero dizer – ele mostra as embalagens da Bendel. – Só são pra gente. Pra mim, na verdade. Nós dois. Quero que você… o que quero dizer é… bem, se você realmente odiou…

Num átimo, ele tem uma década a menos que eu: um jovem perguntando se quero tomar um drinque com ele, esperando uma recusa. Nunca o vi assim antes.

– Querido – respondo depressa, abalada –, eles são maravilhosos, sinta o couro, claro que vou usar…

– Fico feliz – ele diz, com um traço restante de embaraço. – Estava torcendo pra você usar… tem sempre a chance de você passar a gostar deles.

E, animado de novo:

– Vista as coisas.

Então obedeço. Como sempre, até esta noite – e hoje pela última vez –, estou usando só uma camisa, então não leva muito tempo, embora ajeitar as costuras seja muito mais complicado do que eu teria imaginado. Os sapatos servem perfeitamente.

– Eu levei os seus sapatos pretos comigo – ele diz. – E insisti pra eles encontrarem uma mulher daquele tamanho e que ela provasse nove pares antes de escolher esse. Ainda bem que você tem um tamanho médio.

Os saltos me deixam tão mais alta que estamos quase olho a olho. Ele me abraça de leve, passa as mãos pelos meus lados até meus seios, move a palma de cada mão, dedos estendidos, em pequenos círculos, um mamilo no centro de cada. Seu rosto está inexpressivo. As pupilas cinzas nas quais as minhas estão focadas refletem dois rostos em miniatura. As mãos dele se movem da minha barriga até a cinta-liga. Ele traça os contornos ao redor do meu corpo e então segue as quatro alças, uma a uma, até onde as meias começam. Está quase escuro. Ele acende o abajur atrás de nós e diz:

– Fique aí – volta para o sofá e se senta. – Agora – diz, numa voz rouca –, vem até aqui. Sem pressa.

Eu ando lentamente pelo tapete. Dou passos curtos, cuidadosos, meu corpo inclinado em um alinhamento desconhecido. Meus braços pendem desajeitados. Algo ruge nos meus ouvidos, amplificando cada respiro.

– Agora, vire-se – ele diz quando estou a alguns passos do sofá. Mal consigo ouvi-lo. – E levante a saia.

Eu me viro e me mantenho reta, enrolando os lados da camisa e segurando-os com os cotovelos.

– Decepcionado? – eu digo, numa voz que acaba sendo aguda e desafinada.

– Está falando sério? Você é uma visão – ele murmura atrás de mim. – Você é uma visão, querida.

Meus olhos se fecham. Ouço o rugido nos meus ouvidos, cada centímetro quadrado da minha pele ansiando ser tocado. Tentando abrir meus ouvidos, balanço a cabeça; fios de cabelo se prendem na minha boca; por favor, eu penso, por favor.

– Fique de quatro – ele diz. – E puxe a camisa. Puxe, quero ver a sua bunda.

Eu encaro a tecedura grossa do carpete cinza escuro, agora a apenas alguns centímetros do meu rosto.

– Engatinhe por aí – ele diz, a voz extremamente baixa. – Engatinhe pela sala, até a porta.

Movo meu braço direito para frente, meu joelho direito, meu braço esquerdo. Eu penso: são os elefantes que fazem isso diferente? Meu joelho esquerdo. Estou suspensa em um silêncio que é quebrado pela conversa abafada de alguém no corredor fora do apartamento. Uma porta bate. O violoncelista do andar de cima começa a treinar e eu me concentro com interesse no seu típico ímpeto inicial. Sempre imaginei que músicos se aquecessem lentamente, como corredores. Este começa com grande entusiasmo e volume e gradualmente diminui o ritmo ao longo do seu treino de três horas. Ele é careca e mal-humorado, já o vi no elevador.

– Não posso – eu digo.

É como se o som da minha voz tivesse feito meu corpo desmoronar. Por um segundo meu rosto está amassado contra o tapete, que parece perfeitamente liso quando se está de pé, mas que é menos suave à pele do que se poderia imaginar. Eu sento. O peso desses saltos me impede de sentar na posição que eu subitamente quero: meus joelhos dobrados até o queixo, os braços envolvendo-os.

– Fale – ele diz, num tom neutro.

– Me sinto estúpida. Faz eu me sentir idiota.

A única luz do outro lado da sala não é suficiente para eu ver a expressão no rosto dele. Ele cruza os braços atrás da cabeça e se inclina contra as almofadas do sofá. Eu me levanto, vacilante, resmungo "Esse tapete coça" – mas falo como se estivesse revelando informações valiosas – e sento na cadeira mais próxima. Uma das mangas desceu; eu puxo o punho sobre meus dedos e fecho a mão, dentro do tecido, num punho.

– Não é como se não tivéssemos tido essa conversa antes – ele diz, sem olhar pra mim. – Odeio fazer malas, e odeio ainda mais desfazer. Levei uma semana pra desfazer aquela, da última vez.

O violoncelo acima irrompe como se esfolado por um louco.

– O que eu não entendo é por que você não consegue ter em mente a ideia de apanhar, por que sempre tenho que fazer isso com você. Antes de dizer pra mim "não quero fazer isso", por que você não imagina eu tirando meu cinto? Por que, de uma noite pra outra, você não se lembra de como é quando ele desce em você. Nós temos que negociar essa porra toda vez e no fim você sempre faz o que eu mando, de qualquer jeito.

– Não – eu digo, inaudível no começo. – Não, por favor…

Ele se inclina na minha direção, afastando o cabelo da testa.

– Faz eu me sentir um cachorro – eu digo –, engatinhar por aí… fico com medo que você ria de mim…

– Você *deve* se sentir estúpida – ele diz. – Que merda! Se eu rir de você, você vai saber.

Eu balanço a cabeça, muda. Com uma carranca e me examinando de perto, ele vem pra trás de mim. Estou sentada rigidamente na beirada da cadeira, meus joelhos pressionados um contra o outro, os braços apertados contra os músculos estomacais. As mãos dele estão nos meus ombros. Sou puxada para trás até que eles tocam o estofo. Então a mão dele está no meu cabelo, massageando, fechando-se em um punho, puxando-me para trás lentamente até que meu rosto fica na horizontal, o topo da minha cabeça contra o pau dele. Ele esfrega a metade inferior do meu rosto com a palma da mão. Minha boca logo se abre. Quando estou gemendo regularmente, ele deixa o quarto e volta com a chibata; coloca-a na mesa de centro.

– Olhe pra ela – ele diz. – Olhe pra mim. Em três minutos vou te deixar de um jeito que você vai ficar na cama por uma semana.

Mas eu mal estou ouvindo. A passagem inadequada, minúscula, de fibra ótica que tenho na garganta no lugar de uma traqueia me permite somente rápidos goles de ar. Sinto minha boca machucada.

– Engatinhe.

Estou de quatro outra vez. Pressiono meu rosto com força contra o ombro direito e sinto como o tremor no meu queixo, em vez de estabilizar-se, se transmite, osso por osso, até que meus braços, minhas pernas, meus dedos do pé tremem. Ouço a ponta da alça de couro raspar contra o topo da mesa. Uma dor incandescente sobe por trás das minhas pernas. Lágrimas surgem nos meus olhos, como mágica. Como que libertada de um estupor perigoso, eu engatinho da cadeira à porta do quarto, ágil e com facilidade, até o abajur do outro lado da sala; um gato ronronante forma oitos ao redor dos meus braços. As duas meias rasgam nos joelhos e eu posso sentir um arrepio subir por cada coxa. Quando estou quase no sofá de novo, ele me alcança, me empurra para baixo, me vira de costas.

É a única vez com ele, a primeira vez na vida, que eu gozo ao mesmo tempo que o meu amante. Ele lambe meu rosto. Cada ponto é quente primeiro e então – quando a língua dele avança para o próximo – abruptamente frio, suor e saliva evaporando no ar-condicionado.

Quando ele para, eu abro os olhos.

– Mas você bateu em mim mesmo assim – eu murmuro. – Mesmo quando eu...

– Sim – ele diz.

– Porque você gosta de bater em mim – eu sussurro.

– Sim, e de te ver recuar, e de te segurar e de te ouvir implorar. Adoro os sons que você faz quando não consegue ficar quieta, quando está além de qualquer controle. Adoro ver um machucado em você e saber de onde veio, as marcas na sua bunda.

Eu tremo. Ele estende a mão e puxa o cobertor velho que mantém dobrado embaixo de uma almofada no canto do sofá. Abre-o, me cobre com ele e diz, colocando o cetim desgastado sob meu queixo:

– E também porque você quer.

– Eu quero – eu sussurro. – Nunca *na hora*... nunca enquanto...

– Eu sei – ele diz, próximo ao meu ouvido, as mãos enfiadas no meu cabelo, firmes e calmantes.

Ninguém viu meu corpo exceto por ele, um garoto chamado Jimmy e uma mulher cujo nome não me disseram. Algumas vezes, na banheira ou quando eu surpreendia meu reflexo no espelho, observava meus machucados com a curiosidade distraída com que se olha fotos dos primos de outras pessoas. Eles não tinham nada a ver comigo. Meu corpo não tinha nada a ver comigo. Era uma isca, para ser usada do jeito que ele quisesse, com o fim de excitar a nós dois.

Enquanto me despe para o banho, ele diz:

– Contratei um massagista para hoje à noite.

Ele deixa minha blusa cair nos azulejos brancos do banheiro. Eu piso para fora da saia e sento na borda da banheira enquanto ele tira meus sapatos, e levanto outra vez enquanto ele tira minha calcinha. Ele gosta delas – algodão branco da Woolworth's. Gosta também da saia. Puxando-a cuidadosamente sobre minhas pernas nesta manhã, ele disse:

– É a minha saia preferida em você, realmente faz jus à sua bunda.

Eu o observo inclinar-se sobre a banheira, colocar o tampão; estender a mão para escolher, depois de um átimo de hesitação, um pacote colorido enfiado entre os frascos alinhados na borda interna da banheira. Ele se inclina outra vez para ligar a água, testa a temperatura, ajusta a temperatura e salpica um pó verde com cuidado sob as torneiras abertas.

De repente me ocorre o quão deslocado ele parece: um homem em um terno de trabalho sob medida, a gravata posicionada perfeitamente entre as duas pontas de um colarinho engomado, como se ele estivesse prestes a falar numa conferência, ou dar uma entrevista para a TV, ou ouvir mais uma história de discórdia conjugal em preparação para o tribunal. Ele não está fazendo nenhuma das coisas para a qual está vestido, e sim se inclinando sobre uma banheira escaldante, uma mão apoiada na porcelana, a outra tocando a espuma que rapidamente cresce.

Ele cheira.

– Nada mal, né? Um pouco doce, talvez, não tão cheio de ervas quanto eles anunciam na embalagem, mas agradável, de qualquer forma.

Eu aceno. Ele me sorri com tanto afeto, tanta felicidade até, que algo fica preso na minha garganta: tudo que alguém poderia querer é um pequeno banheiro se enchendo de vapor de banho, com o cheiro de lavanda sobre um leve aroma de menta.

Ele sai e volta com as algemas. Coloca-as nos pulsos que eu estendo e segura meu cotovelo enquanto eu piso na água, que está ameaçando ficar quente demais, mas que vai estar, eu sei, perfeita no momento em que eu me estender nela.

A banheira é funda e três quartos já estão cheios; tenho de inclinar meu queixo para manter as bolhas fora da boca. Só depois de desligar a água e me olhar mais uma vez ele afrouxa a gravata e tira o terno.

Eu o ouço se mover na cozinha, seus passos nítidos sobre os azulejos e abafados no tapete. SHARED SECRETS OF MY SOUL... a voz de Kris Kristofferson desliza sobre colinas de espuma. Nós ouvimos à WQXR só uma vez desde que eu a mencionei de passagem, durante uma conversa só-deus-sabe-sobre-o-quê, que essa é a minha estação preferida. Ele tinha me contado que um Vivaldi obscuro, que ele nunca tinha ouvido, estava programado para tocar em outra.

– Você não tem que explicar – eu tinha gritado –, mude a estação, é o *seu* apartamento!

Ele tinha sorrido, piscado para mim e dito "Eu sei"; depois tinha decidido que não era um Vivaldi de primeira classe, mas que tinha valido a pena escutar, mesmo assim.

... EVERY NIGHT SHE KEPT ME FROM THE COLD... Ele volta com uma taça de Chablis, se agacha ao lado da banheira, inclina a taça para que eu beba da sua mão direita... TRADE ALL MY TOMORROWS FOR A SINGLE YESTERDAY... tirando bolhas do meu queixo com a esquerda. O vinho está gelado na minha língua... HOLDING BOBBY'S BODY NEXT TO MINE...

Ele se senta na privada e desabotoa o colete com uma mão; toma três goles longos.

– O nome dele é Jimmy. Ele pareceu irlandês no telefone. Já ouviu falar de um massagista irlandês?

– Não – eu digo, rindo... FREEDOM'S JUST ANOTHER FOR... – Achei que eles eram todos suecos... – NOTHING LEFT TO LOOSE...

– Eu também – ele diz –, ou talvez franceses.

... NOTHIN' AIN'T WORTH NOTHIN'...

– Por que ele vem aqui?

... BUT IT'S FREE...

– Para sapatear no balcão da cozinha. Que pergunta estúpida! – ... FEELIN' GOOD WAS EASY, LORD... – Aquela massagem de que você me falou – ... FEELIN' GOOD WAS GOOD ENOUGH FOR ME... –, achei que gostaria de outra.

Eu penso, ah, claro, eu nunca posso dizer alguma coisa – qualquer coisa – e considerá-la esquecida. Ele presta atenção ao que eu falo, é difícil se acostumar, não é sempre que você encontra um hábito tão peculiar. Não há nada que simplesmente o divirta ou interesse por um momento; ele sempre tira consequências. Se estou olhando a *Newsweek* e leio um trecho de uma resenha em voz alta, ele compra o livro para mim naquela semana. Em meio a horas de uma conversa incoerente e meio bêbada, em um sábado à noite, ele conta como colhia mirtilos atrás da casa da sua tia, onde passou o verão quando tinha nove anos, e eu digo: "Mirtilos, você não ama mirtilos?". À meia-noite ele diz: "Vou pegar o jornal". Meia hora depois lá está ele, realmente carregando o *Times* sob um braço, mas no outro segurando uma sacola marrom de papel, dentro da qual há uma caixa de mirtilos. Ele os lava, enxágua e tira os cabinhos enquanto eu leio a seção de Artes e Lazer. Ele trouxe também um pote de chantili e verte uma quantidade generosa de mirtilos numa grande tigela de salada e os dá para mim, até que digo: "Se comer mais um, vou vomitar". E ele sorri e come os poucos mirtilos restantes, que nadam no chantili. "Onde raios você conseguiu arranjar isso a essa hora?", eu finalmente pergunto. "Eu cultivei", ele responde solenemente, "na esquina da Sixth com a Greenwich", e bebe o líquido restante fazendo barulho, segurando a tigela com ambas as mãos.

O massagista chega às cinco para as oito. Ele parece ter uns vinte anos. É baixo e robusto, com volumosos cabelos loiros cacheados e bíceps salientes sob uma camiseta azul-escura e uma jaqueta de náilon. Está usando jeans e tênis e carrega uma toalha e um frasco de óleo numa sacola de voo Icelandic. Eu tiro a camisa, seguindo orientações, e deito de bruços na cama.

– Eu vou assistir – ele anuncia ao silencioso Jimmy. – Gostaria de aprender o que você faz, para poder fazer o mesmo quando você não estiver disponível.

– Estou sempre disponível – resmunga Jimmy e mergulha nos meus ombros.

As mãos dele, escorregadias com o óleo, são muito maiores do que se esperaria de alguém da sua altura – enormes e quentes. Meus braços ficam moles, e tenho de me esforçar para não deixar minha boca abrir. As palmas dele sobem pelas minhas costas, lentamente, apertando fundo, em um avanço constante. Meus ombros outra vez; outro começo na cintura. Estou quase gemendo toda vez que suas mãos caem sobre mim.

– Deixa eu tentar – a voz dele acima de mim.

As mãos grandes se erguem. Minhas pálpebras tão pesadas como se fechadas embaixo da água. Estas mãos são mais frias, me tocando, em comparação, de leve. O massagista corrige em silêncio, demonstrando; então as mãos frias estão sobre mim de novo, com mais força desta vez. Aquelas enormes patas estão nas minhas coxas, contornando a toalha sobre a minha bunda. Minhas panturrilhas em seguida, e então meus pés. Aluno e professor, um depois do outro, seguram um pé com uma mão e com a outra aplicam uma pressão maravilhosa. Sou virada. O processo é invertido na frente do meu corpo. Há muito que não me contenho mais e gemo com prazer sob os braços de urso que me amassam nos lençóis. Ele repete cada um dos movimentos do massagista, agora com bem menos hesitação, atingindo um efeito parecido ao daquelas mãos monstruosas. Meus músculos estão abrasados e suspensos. Acabou. Alguém me cobre com um lençol e apaga as luzes.

Eu ouço o som sibilante e vertiginoso de um braço sendo enfiado numa manga de náilon. A porta da geladeira bate. Duas latas de cerveja são abertas. Por alguns momentos há murmúrios, que me embalam ainda mais. Estou quase adormecida.

– ... vinte e cinco extra.

A lâmpada do criado-mudo é acesa outra vez. Dizem-me pra deitar ao longo da largura da cama, de bruços. O lençol é jogado sobre minhas pernas. Ouço o rangido da porta do armário, os estalos explosivos de um lençol recém-chegado da lavanderia sendo agitado; algodão frio desliza sobre meus ombros e costas. Um cinto está sendo desfivelado. Há o rangido de couro puxado com força por argolas de tecido.

A pele de trás do meu corpo está dividida em segmentos diversos. As áreas que foram massageadas estão adormecidas, alisadas até um transe sob o lençol. A pele agora exposta se arrepia com tensão, uma leve corrente do ar-condicionado lavando cada capilar.

– Onde está, Jimmy?

Um rosnado.

– Você escolheu o homem errado.

Outra vez o som de uma garganta sendo limpa.

– Você não entende – a voz dele é suave. – Já disse que você não vai machucá-la, prometo. Ela não está resistindo, está? Está gritando pelos vizinhos? Deixa ela com tesão, eu te garanto, é o que faz ela gozar.

– Então bate *você* nela.

– Trinta, então.

O colchão afunda sob o peso de um corpo que se acomoda à minha direita. Recebo alguns golpes e enterro a cabeça na dobra de um cotovelo.

– Nesse ritmo você vai ficar aqui pra sempre.

A voz dele está próxima à minha cabeça; há o odor de cerveja e suor. O colchão se move outra vez sob mim quando o corpo à minha direita desloca seu peso. Uma mão no meu cabelo e minha cabeça é puxada. Abro os olhos.

– Trinta e cinco.

Os golpes descem com mais força. Ele está agachado no chão ao lado da cama. Nossos rostos quase se tocam. O branco dos seus olhos está tingido de vermelho; suas pupilas, dilatadas. Não consigo controlar um estremecimento agora e começo a me contorcer.

– Quarenta – ele diz, em voz baixa.

A testa dele está brilhando. O corpo sobre mim apoia um joelho no meio das minhas costas e minha boca se escancara com o próximo golpe. Luto em silêncio, tentando, com uma mão, soltar o punho dele do meu cabelo, puxando o rosto dele para longe com a outra, me debatendo. Ele agarra meus pulsos, os segura em um aperto violento, apanha outra vez meu cabelo e puxa minha cabeça para cima.

–Vai, filho da puta, cinquenta – ele sibila e cobre minha boca com a dele.

O golpe que se segue me faz gemer dentro da boca dele; com o próximo, eu me solto e grito.

– Já deu, Jimmy – ele diz, como que para um garçom que lhe serviu uma porção grande demais, ou para uma criança que está fazendo birra no final de um dia cansativo.

Ao longo de todo o período, as regras diurnas da minha vida continuaram como antes: eu era independente, eu me sustentava (quanto aos meus almoços, pelo menos, e mantendo um apartamento vazio, com contas de gás e telefone a um mínimo), tomava minhas próprias decisões e fazia minhas escolhas. As regras noturnas decretaram que eu era impotente, dependente, totalmente cuidada por outro. Nenhuma decisão era esperada de mim; eu não tinha responsabilidades. Não tinha escolhas.

Eu amava aquilo. Amava, amava, amava, amava.

A partir do minuto que fechava a porta dele atrás de mim, não havia mais nada a fazer, eu estava lá para que fizessem coisas comigo. Outra pessoa tomara controle da minha vida, até os mínimos detalhes. Se o controle estava fora das minhas mãos, eu, do meu lado, tinha permissão para ficar fora de controle. Por semanas a fio fui inundada por uma sensação indescritível de alívio ao ser liberada do fardo da vida adulta. "Posso vendar seus olhos?" tinha sido a primeira e última questão de qualquer importância que me fizeram. A partir de então, nada mais foi uma questão do meu consentimento ou protesto (embora vez ou outra meus escrúpulos tenham se tornado parte do processo, para deixar meu vício claro para mim); nada mais foi questão de pesar prioridades ou alternativas (práticas, intelectuais, morais) ou de considerar consequências. Havia apenas o luxo libidinoso de ser uma observadora da própria vida, uma renúncia absoluta da individualidade, um gozo na entrega e na abdicação de mim mesma.

Acordo não me sentindo bem. Não melhoro depois do café da manhã e às onze estou ainda pior. À hora do almoço me sinto completamente fria. Faço um pedido de canja de galinha para comer na minha mesa, mas a primeira colherada é como azeite rançoso na língua e não consigo tomar outra. Às três da tarde decido que não é um desconforto passageiro. Digo à recepcionista que estou doente e vou para casa – para o meu apartamento.

Mal consigo fechar a porta. Um cheiro assombroso chega até mim. O apartamento está quente e abafado. Partículas de poeira dançam em frente a janelas fechadas; o espelho acima da lareira está iridescente em seu brilho cruel. Eu me arrasto até a cama, tremendo sem controle, mas incapaz de entrar sob as cobertas. Puxo a colcha sobre mim e finalmente agarro uma ponta, que levo até os ombros. O sol está brilhando direto no meu rosto, que parece a um passo de se incendiar. Assim que levanto a cabeça do travesseiro para levantar e puxar as cortinas, fico atordoada demais para manter os olhos abertos.

O telefone me acorda de um pesadelo em que fui consumida por hordas de formigas gigantes. Empurro a colcha pra longe e trago-o para perto da orelha sem abrir os olhos.

– O que aconteceu? – ele pergunta.

– Acho que peguei alguma coisa – eu murmuro, sentindo-me tão fria agora como se estivesse esparramada sobre gelo em vez de poliéster e algodão.

– Estou indo aí – ele diz.

O telefone dá um clique, e então fica zunindo.

– Não – digo, e coloco sobre o peito a mão que segura o receptor. Estou doente mesmo, penso, visualizando o mundo através de um giroscópio. Nunca fico doente, penso, e ainda no meio do verão, é a coisa mais ridícula, mais…

Dessa vez sou acordada pela campainha. Não me movo. Ela ressoa, em toques staccato, repetidamente. Finalmente o som parece pior do que levantar. Chego até a porta sem abrir os olhos. Enquanto fico repetindo "Quero que você fique aqui", ele me pega no colo, chuta a porta atrás de si e me carrega até o elevador.

– Não aguento as pessoas quando fico doente, odeio ter gente por perto – eu murmuro no pescoço dele. – Tenho que ficar doente na minha cama – digo, por fim, tão alto quanto consigo.

– Não tão doente assim – ele diz, me segurando de pé no elevador.

Estou atordoada demais para responder. Ele meio me carrega, meio me arrasta até o táxi que está nos esperando. Há uma confusão de braços e pernas e outra subida em outro elevador e então estou na cama que a essa altura conheço melhor do que a minha; agora estou despida e usando uma das camisas dele.

Por trás de uma névoa, ele diz:

– Vou comprar um termômetro.

Vidro frio na minha boca depois de um tempo e então não mais; e a voz dele, no telefone.

Uma mão sacode meu ombro.

– Esse é um… amigo meu, ele faz visitas em domicílio.

Um homem corado está sobre mim, mostrando dentes manchados e quadrados que se rearranjam incessantemente e com velocidade assustadora. Um abaixador de língua na minha boca; alguém me apertando.

Depois, a voz dele de novo:

– … pegar as coisas na farmácia.

E então comprimidos para engolir. Eu ainda pretendo explicar como não gosto de ter alguém por perto quando estou doente, como tenho sido inflexível sobre isso desde a adolescência. Mas o meu corpo dói tanto que nesse momento isso não parece importante suficiente para valer o esforço.

Eu acordo na penumbra, o despertador ao lado da cama apontando quatro da tarde. Meus músculos doem ainda mais do que antes, mas pelo menos não estou mais atordoada.

– Você dormiu um dia inteiro – ele diz, da porta. – Que bom que você acordou, tem que tomar mais alguns comprimidos.

– O que você fica me dando?

– Coisas que o Fred prescreveu. Você está com gripe.

– O que você está fazendo aqui? – eu pergunto, e ele sorri.

– Eu moro aqui.

Estou muito fraca para brincar.

– Por que não está no trabalho?

– Eu liguei e disse que estava doente. Liguei para o seu trabalho também. Você precisa de alguém em casa por alguns dias.

– Não preciso, não – eu digo, mas no meio da frase sei muito bem que sim, preciso de alguém comigo e sim, ele está certo em ficar em casa comigo e, sim, preciso que cuidem de mim. Não digo mais nada e ele também não.

Ele ficou em casa no dia seguinte e pela manhã, no próximo. Passei cinco dias na cama, e o fim de semana tirando sonecas e sentada no sofá da sala. Ele comprou uma bandeja de cama – um negócio branco elaborado, com pernas e um compartimento lateral para jornais, e uma prateleira que se inclinava com dobradiças como um atril. Ele me deu aspirina e antibióticos. Preparou uma mistura que bebi por três dias antes de perguntar o que, exatamente, era; descobri que era um terço de suco de damasco, um terço de suco de toranja e um terço de rum, aquecido até o ponto de fervura. Fiquei sentada, apoiada na cabeceira, no quarto dele; lá dentro, o ar-condicionado, lá fora, julho escaldante, como se fosse outro continente. As cortinas estavam fechadas; com a jaqueta de esqui dele sobre meus ombros, eu bebia aquele negócio amarelo, e dormia bem depois de cada xícara de 200 ml. Em seguida, sopas; depois milk-shakes que ele comprava na loja da esquina, revezando entre baunilha e morango; finalmente, nossas refeições normais de acordo com o calendário rotativo dele. Nesse ponto eu já estava acordada por períodos maiores. Estava lúcida, embora ainda sentisse meu corpo como se tivesse sido jogada de uma grande altura. Ele arrastou a TV até o quarto e colocou o controle remoto nos travesseiros ao meu lado. E uma pilha de revistas. À noite, sentava na cadeira ao lado da cama e me contava fofocas que tinha deliberadamente reunido ao convidar um colega para almoçar, e então lia o jornal em voz alta. Ele me ensinou a jogar pôquer e me deixava ganhar. Ele dormia no sofá da sala.

Ninguém tinha cuidado de mim desse jeito desde que eu tive catapora, aos oito anos.

Hoje é o último dia que tenho para encontrar um presente para o aniversário da minha mãe com alguma esperança de enviá-lo a tempo. É um sábado sufocante. Mas ninguém suspeitaria que faz 32 ºC lá fora: o ar na Saks está gelado, apesar das multidões fervilhantes de clientes. Estamos inclinados sobre um dos balcões de joias, tocando medalhões e finas correntes de ouro. Eu restringi minhas opções a um medalhão em formato de coração e um que abre para revelar um minúsculo buquê de não-me-esqueças pintados à mão, quando ele sussurra:

– Roube.

Eu me endireito com um salto, desarrumando as caixas que a mulher ao meu lado empilha entre a frente do balcão e sua coxa erguida. As costas dele estão se afastando de mim na multidão.

Minhas orelhas queimam como se quisessem atear fogo ao meu cabelo. Espero o sangue baixar do meu rosto, assisto a uma veia pulsar na minha mão esquerda sobre o balcão; desvio o olhar da veia e olho para a minha outra mão: ela se fechou ao redor do medalhão em formato de coração.

A vendedora está um metro à minha direita. Três clientes falam com ela ao mesmo tempo. Há olheiras embaixo dos seus olhos e a pele que circunda seu sorriso está tensa. Não é justo roubar em um sábado, diz uma vozinha na minha cabeça. Olhe para ela: está apertando a beirada do balcão como se estivesse sitiada; está cansada, especialmente de ser educada; com gosto, gritaria para todos nós: Me dá um tempo! Vá te catar! Me deixa ir pra casa! Que coisa horrível de se fazer, diz a voz, você poderia pelo menos escolher uma terça-feira de manhã, e por que passou todos esses anos sem enfiar no bolso sequer um moeda deixada pra trás num telefone público, só pra começar a roubar nesse estágio da vida... eu pego o segundo medalhão na mão direita, e a corrente de ouro mais próxima e digo em voz alta, na direção da vendedora:

– Vou levar esses. Posso levar esses, por favor!

Ela sorri e diz:

– É o meu preferido também.

Eu me atrapalho com o cartão de crédito, assino o recibo, agarro a sacola... Ele está apoiado contra uma placa de ponto de ônibus na Fiftieth Street. Acena para mim e simultaneamente dá algumas batidas na janela de um táxi que está passando por ali. Ele espera, segurando a porta de trás aberta, até eu cruzar a rua e entrar no táxi; entra, dá seu endereço ao motorista e se vangloria:

– Ótimo *timing*, tenho que dizer. E com ar-condicionado também.

Só então ele estende uma mão aberta para mim. Eu deixo cair o medalhão – escorregadio, por causa do meu punho – na pele dele, seca.

– Eu comprei outro – digo. – Não podia simplesmente sair...

Ele ri, bagunça meu cabelo com uma mão, me puxa para perto dele com a outra. Minha cabeça descansa em seu peito. A camisa é recém-lavada. A pele dele cheira tão imaculadamente a sabonete que é como se ele tivesse acabado de tomar um banho.

– Não é exatamente o que eu tinha em mente – ele diz –, mas vale.

E, com surpresa afetada:

– Você está *tremendo*?

Ele me segura com força.

Ele está contente comigo, mas tão casual e tranquilo que penso: ele sempre soube que eu roubaria, não teve nenhuma dúvida. Viro a cabeça até que meu rosto está enterrado sobre seu braço e fecho os olhos. Levou pouquíssimo tempo, eu penso, e na verdade quase não fiz nenhum esforço; uma brincadeira.

Assim que entramos em casa ele endereça um envelope, embrulha o medalhão e a etiqueta de US$ 39,95 em várias folhas de papel higiênico e cola um selo.

– Seja uma boa menina e corra até o saguão para enviar isso. Eles devem receber na terça.

Eu o encaro, e então o envelope. Ele estala os dedos:

– Sabe o que eu esqueci? Papel de presente pro medalhão da sua mãe; porque você não embrulhou pra presente? Eu compro na farmácia e quando voltar espero que não tenha mais essa expressão idiota na cara. Você não arrombou exatamente o Fort Knox, querida.

Alguns dias depois ele me mostra a faca mais bonita que já vi. Estou sentada no colo dele quando ele a puxa do bolso interno do paletó. O cabo é de prata, incrustrado em madrepérola. Ele me mostra como fazer a lâmina pular da bainha com um leve clique; como fazer o aço brilhante desaparecer outra vez em meio aos entalhes de prata.

– Quer tentar?

O cabo fino está na minha palma, frio, preciso e tão familiar como se eu o tivesse recebido anos atrás, um presente para anunciar a idade de consentimento.

Relutante, eu devolvo o belo objeto. Ele a abre outra vez, encosta a ponta da lâmina bem de leve contra a minha garganta. Eu inclino o pescoço para trás, mais um pouco, mais e mais, até que não posso ir mais para trás. A ponta de aço parece inofensiva – um palito de dentes.

– Não ria – ele diz. – Ela vai perfurar...

Mas eu rio mesmo assim e ele sabia que eu ia e já puxou o palito de dentes quando eu caio no riso de vez.

– Não te cortei por um fio – ele diz. – Por um fio, entende?

– Você faz as piores piadas, entre todos os homens que já conheci – eu digo com uma voz gutural, minha cabeça ainda inclinada para trás.

– Não tente me provocar com histórias dos seus amantes passados. É tão mesquinho. Só mulheres vulgares fazem isso.

– Essa sou eu, finalmente revelando minhas verdadeiras cores.

– "Revelando minhas verdadeiras cores" – ele repete –, que arrogância insuportável. Como se eu não tivesse visto o que você é no segundo em que pus os olhos em você.

– Ah, é? – eu digo, me ajeitando de volta. – Ah, é?

Não sei o que dizer em seguida, mas não precisava ter me preocupado. Ele interrompe meus pensamentos desconexos, incompletos e incoerentes e diz:

– Semana que vem você vai roubar alguém. Num elevador seria mais fácil, e você pode vestir a sua fantasia de Barba Azul. Não me conte com antecedência. Agora sai do meu colo, minhas pernas não vão acordar por uns três dias.

Imediatamente, sei qual elevador escolher. Muitas vezes fui encontrar uma amiga para o almoço no escritório dela, a dois quarteirões do meu. Sei que o segundo andar do prédio da empresa está vago há meses; a porta para a escada, destrancada. No dia seguinte eu tenho um compromisso às três. Termina em meia hora e em vez de voltar para o escritório eu pego o metrô até o apartamento dele. É um dia úmido e o trajeto de volta para a cidade é desconfortável. Penso: como os homens conseguem se vestir assim no meio de julho? Estou suando com camisa, colete e terno; mulheres em vestidos sem mangas me parecem leves como se voassem. Eu toco o objeto no meu bolso, esperando que instruções fluam dele como um manual-talismã.

Cumprimentei o porteiro em muitas ocasiões. O fato de ele não me reconhecer me faz sentir invisível e inebriada. Em frente à placa que lista os nomes e números de cada empresa no prédio, dou uma olhada nas pessoas à minha esquerda: duas mulheres esperam em frente aos elevadores que levam aos andares superiores; um homem de meia-idade à frente dos que vão aos andares inferiores. Caminho em direção a portas que se abrem, de um dos elevadores que vão do 1º ao 18º andar.

Três homens e uma mulher saem dele e passam pelo homem de meia-idade e eu. Entro no elevador depois dele. Ele pressiona o 9; eu, o 2. Antes mesmo que a porta se feche, tiro o fino cabo de prata do meu bolso. O leve clique coincide com o que indica a nossa subida. Então, a ponta do canivete está contra a garganta dele, que se curva para trás em um ângulo que me é familiar. Abro minha mão livre. Uma carteira de couro – ainda quente – é posta na minha mão justo quando as portas abrem. Saio do elevador, e nós trocamos um olhar, sombrios como em uma fotografia da virada do século, até que as portas se fecham. Nenhum de nós disse uma palavra. Eu dou dez passos até a escada, desço um andar, passo por uma porta de metal cinza e chego ao saguão. O porteiro está bebendo em um copo descartável e fazendo piadas com o carteiro da tarde. Eu passo por eles e pela porta giratória, ando dois quarteirões até o metrô; das escadas do metrô, mais alguns quilômetros para o sul, e então quatro quarteirões até o apartamento dele.

Tenho tempo para me despir, colocar minhas próprias roupas e tirar a cola do rosto antes que ele chegue em casa. Estou sentada no sofá, fingindo ler o jornal da tarde. Ele diz:

– Está adiantada hoje, não?

E:

– Comprei bisteca. Essa droga vale o peso em ouro.

Não desvio o olhar das palavras, que se embaçam diante de mim. Uma reação atrasada me invadiu: preciso fazer um esforço concentrado para não soluçar, e tento entender por que minhas coxas doem, por que os músculos dentro da minha vagina estão abrindo e fechando, por que estou excitada como se a língua dele estivesse me incitando na direção de um ar perigosamente fino e penetrante.

O jornal cai no meu colo sem um som. Ele descobriu a carteira na mesa de centro.

– Ah... – ele diz e encosta a pasta num canto. – Abra.

Abra... abra... abra: meu corpo interpreta as palavras sem relacioná-las com a carteira. Eu escorrego do sofá e ajoelho em frente à mesa. Ele senta atrás de mim, esfregando meu pescoço e ombros. Eu tiro de dentro da carteira, um por um, um pequeno livro de endereços, um talão de cheques, um cartão American Express, um cartão do Diner's Club, um cartão Master Charge, uma carta de motorista, uma caneta preta fina e recarregável, um pedaço de papel amassado com dois números de telefone escritos com caneta esferográfica, um cartão de florista e um de agente funerário, um anúncio rasgado do *Village Voice* oferecendo serviços de carpintaria com desconto, um recibo rosa de uma lavanderia na Third Avenue e 321 dólares.

– Humm – ele diz.

O queixo dele descansa sobre meu ombro direito agora. Seu braço esquerdo me envolve, sua palma acaricia meus seios. Seu braço direito – que deslizou entre meu torso e meu cotovelo direito – estende-se até o topo da mesa, onde ele alinha o conteúdo da carteira em uma fila ordenada.

– Leonard Burger, 14 de agosto de 1917 – ele lê no meu ouvido a carta de motorista. – Que nome inteligente deram pra ele, nosso Leo é de leão. A não ser que seja apenas um Len. Mas o que você acha do cartão de agente funerário? E por que o carpinteiro? Estava cotando caixões, ficou decepcionado com o mercado e decidiu confiar num tipo drogado que sabe mexer com uma serra? Ou só precisa de novos armários de cozinha?

Ele me passa o telefone e me faz ligar para os números anotados no pedaço de papel: um está ocupado, no segundo não há resposta.

– Isso está ficando chato – ele diz. – Ligue para o Len. Avise que a carteira dele está na lixeira descendo a rua.

– Aqui? – pergunto. – Você quer que ele venha aqui?

– Vai ser divertido.

– Não sabemos o número dele – eu digo, minha voz desconhecida para mim, minha serenidade no elevador inimaginável agora. Ele aponta a primeira página do livro de endereços. Lê-se POR FAVOR, RETORNAR A, e então há o nome dele, um endereço e, embaixo, um número de telefone. Uma mulher atende.

– A carteira do sr. Burger está na esquina da...

Ela responde, em uma voz aguda:

– O quê? Quem?

Mas ele faz um gesto para eu desligar.

– Eu dou meia hora pra ele – ele diz, e deixa a sala para preparar meu banho.

A salada está preparada e a mesa posta quando ele me guia até a janela da sala.

Ficamos lado a lado. A mão dele segue repetidamente a forma da minha bunda. Um carrinho amarelo para perto da sarjeta, quilômetros abaixo de nós. Um homenzinho sai dele, apressado. O carro de brinquedo acelera enquanto o homem de brinquedo corre até uma lata de lixo.

– Use isto – ele diz em voz baixa, no meu ouvido, e quando o olho, ele sorri e me passa meus óculos. Um rosto CinemaScope, emaciado e cinza, paira a alguns centímetros do meu. Reconheço a verruga na bochecha esquerda. Grandes gotas de suor brilham em uma testa fortemente enrugada. Um lóbulo da orelha, um tufo cinza de cabelo saindo da cavidade acima, me parece furado.

Ele escondeu a carteira sob uma única camada de jornais.

– E se alguém encontrar antes? – eu tinha perguntado.

– Problema do Leonard.

Mas ninguém tinha levado a carteira, não foi preciso nem de forragem. Mãos gigantes, com veias como teias de aranha, hesitam; então, cuidadosamente, levantam uma página de Esportes, e a pulseira de um relógio Spandex brilha no sol baixo. Eu abaixo os óculos. O homem de brinquedo apanha um grão de poeira, fica imóvel, volta a cabeça, acena um braçozinho para um táxi de brinquedo, e desaparece.

Uma onda de náusea sobe da boca do estômago. Eu engulo com força. O gosto azedo dura apenas um momento. Eu alongo os braços ao máximo e descubro – quando meus músculos do ombro, peito e estômago respondem ao movimento – que uma mudança, um deslizamento começou no meu corpo enquanto eu ainda temia vomitar. A mudança ganha momentum e profundidade, abarcando pequenos riachos, agora abundantes por todos os lados. Ele me gira, suas mãos de aço apertando meus ombros, e me sacode, minha cabeça balançando pra cima e pra baixo. As mãos dele se fecham ao redor da minha garganta; eu escorrego para o chão, meus olhos fechados. Abaixo ao redor do pescoço dele o círculo formado pelos meus braços e entrelaço meus tornozelos acima do meio das suas costas.

– Quase valeu a pena, você não acha? – ele sorri pra mim, depois uma garfada de bisteca. – Quase uma pegadinha do *Candid Camera*.

Mas os olhos dele brilham como se tivesse uma febre baixa e eu não preciso ver pra saber que os meus estão do mesmo jeito.

Eu nunca tinha deixado ninguém ler meus diários. Era uma ocupação esporádica, às vezes realizada atentamente em vagões sacolejantes de metrô (uma mão protegendo a página dos passageiros de pé ao meu lado, olhares encabulados àqueles tocando minhas pernas à direita e à esquerda); igualmente encabulada na minha mesa, entre uma demonstração com um cliente e uma reunião de equipe marcada para quinze minutos depois; ou sozinha, à noite, a um passo de um Kojak de dez centímetros deixado no mudo, correndo vigorosamente por uma rua em meio a uma ventania, seu bandido do dia virando uma esquina, latas de lixo caindo silenciosamente nas calçadas; ou em banheiros trancados, agachada sobre uma tampa de privada fria, a água correndo na pia para não deixar o homem na minha cama saber que eu estava escrevendo: "Isso está se tornando... Eu queria... já passou da hora...". Entradas diárias obsessivas durante meses, então negligenciadas sem um motivo claro durante meio ano, exceto por sentenças esporádicas: "8 de março, chuva, cabelo estragado".

Eu sempre suspeitava de pessoas que publicavam seus diários. Para mim parecia uma violação ler publicamente um verdadeiro diário, e um diário escrito para ser lido por outros, tendo perdido o seu propósito – ser o lugar secreto de alguém –, no fundo não poderia ser mais que variações de "8 de março, chuva, cabelo estragado".

Alguns anos atrás eu tinha surpreendido um amante segurando meu diário aberto. Embora soubesse que ele mal poderia ter lido uma palavra, considerando o pouco tempo que eu estivera fora do quarto, embora soubesse que ele estava infeliz com o modo como as coisas estavam entre nós e talvez esperasse por uma dica, embora soubesse que, se eu o deixasse, o diário não seria o motivo – o incidente seria claramente um pretexto, mesmo para mim –, mesmo assim eu pensei: é isso, a última gota. Eu não disse nada e o vi fechar o livro, embaraçado. Fui embora e por semanas pensei nele só em meias sentenças: "... lendo meu diário, também".

Desde que tinha conhecido *ele*, tinha escrito todo dia, três ou quatro frases no começo, logo páginas e páginas. Uma noite, quando ele pegou o diário da minha pasta aberta ao lado da mesa de centro e começou a folheá-lo, uma curiosa combinação de sensações subiu pela minha espinha: consternação no começo; e então alívio, encantamento, exultação. Como eu conseguira suportar? Todas as vezes que ele não lera esse livro – quanto tempo foi? – não houvera ninguém para me ler. O código de uma adolescente, um rabisco denso e complicado por um resto de latim, criado para ser indecifrável para qualquer um que não eu – e às vezes até para mim mesma, algumas semanas depois. Todas as vezes que me apressei a abrir as gavetas da escrivaninha quando a campainha tocava, enfiando cadernos embaixo de fronhas e lenços; todas as vezes que examinei um quarto uma última vez, para me certificar de que não deixara exposto algo que eu não queria que fosse visto, que não queria que ninguém soubesse. Sempre fadada a carregar segredos que não pudessem ser abertos por ninguém; um isolamento sombrio, a desolação da privacidade. Acabou, pensei, acabou – ele me conhece completamente, não há nada para esconder. E ele sentou-se ao pé do sofá e eu o assisti enquanto lia.

Acabei de ligar para ele no trabalho; é reconfortante ouvir a voz da recepcionista recitar o nome da empresa e então cantarolar:

– Só um minuto, por favor.

É reconfortante ouvir a secretária dele responder, meio minuto depois; é reconfortante ouvi-la dizer:

– ... pode ter saído pro almoço, ele não me disse. Quer deixar recado?

Eu preciso de conforto. Deixei o escritório às 10h30, sem compromissos pelo resto do dia, planejando compensar o atraso trabalhando em casa; e agora isso.

Ele retorna a ligação.

– Nós somos um anacronismo – eu sussurro, lendo o dicionário no telefone com uma voz rouca; quase todas as definições incorporam a palavra "erro". – Não é normal ficar andando pelo apartamento de um homem numa segunda-feira à tarde, obcecada – segurando uma xícara de café concentrado por horas; fumando sem parar, o tempo passando. – Estou com medo.

E por que não, eu penso, ao mesmo tempo em que sussurro ao telefone, minhas pontes sendo queimadas atrás de mim em filas chamejantes, placas sinalizando o que eu abandonei por ele: uma rede abrangente – mesmo que de segunda mão – de códigos de "como se vive", sistematizada durante décadas. Olhos para frente, escancarados como em um transe, sem ideia do que estão olhando. Há motivo para preocupação, sim, seria anormal eu passar meus dias assobiando. As respostas estão corretas, um cérebro bem afinado e um maquinário emocional bem examinado funcionando em conjunto, tudo em marcha. Novos eventos, sem informações suficientes disponíveis, podem ser inquietantes; novas sequências ainda mais do que eventos isolados; novos processos, mais alarmantes ainda...

– Anacronismo – ele repete depois de mim. Há uma pausa, e ele diz, casual: – Talvez, mas quem se importa? Estamos bem.

– Me diga o que fazer – eu falo.

– Talvez você deva voltar ao escritório. Trabalhe lá. Ou espere até as três. Se não estiver trabalhando até então, vai saber.

Ele programou minha tarde perfeitamente para mim, dividida em segmentos: tanto tempo para isso, trinta minutos para aquilo, nada de ficar andando de um lado para o outro. Eu vou fazer o que ele diz. Vou fazer o que ele me diz – sempre. Uma palavra muito grande, melhor ficar longe delas, você já deveria saber. Mas e se encontrei um finalmente absoluto? Sempre, nunca, completamente – eu sempre vou amá-lo, vou amá-lo completamente, eu nunca vou parar de amá-lo, vou sempre fazer o que ele me diz. Que teologia severa você escolheu... O deus da ira, para sempre e eternamente, o desejo insaciável, o paraíso de enxofre. Tornei-me um tipo de fiel, vira-casaca, traidora ao que eu arduamente me ensinara; não me abandone, não me deixe jamais, desejo insaciável; contanto que ele me ame, estou salva.

Estou programando o timer da cozinha para meia hora. Vão ser 15h e vou mergulhar em uma conta nova, uma pasta grossa a ser estudada, vou planejar minha estratégia. No meio-tempo, eu escrevo. A história que uma mulher me contou, de como ela viveu com um homem pelo ano que levou para escrever seu primeiro livro, como toda noite às 23h ele ligava a TV e dizia: "Quando você vai acabar de escrever?". Ela se tornou experiente em reconhecer o segundo exato em que tinha de parar – algum momento entre as duas e as três da manhã – antes do momento em que ele começaria a arremessar cadeiras, livros, garrafas.

Datilografar. Recordar em impressão, apertar instáveis botões pretos. Uma máquina mais ou menos fiel gravando um processo: o que ele faz acontecer. A escrava com sono que, de manhã, senta-se aos pés do mestre e reconta, em uma voz de cantiga de ninar, um cantarolar calmante, o que aconteceu com ela aquela noite, enquanto o céu se aclara, antes de eles irem dormir, infinitamente cansados, os membros flutuantes.

Rápido, também – 55 rotações por minuto? Não tão rápido assim. Será que eu poderia ser a secretária dele, abandonar esse agradável e absurdo emprego meu, para estar com ele 24 horas por dia? Beverly, a voz cordial atendendo o telefone dele: "... talvez saído para o almoço, não me... mensagem?".

Elas são do Queens, ele explicou:

– Elas ganham mais em Manhattan, de que outro modo você conseguiria tirá-las do Queens?

Meu cérebro mal está registrando, mas claro que não digo nada porque meu estômago se rende sob o tom descarado e indolente de sua voz quando ele diz:

– Você tem que pagar mais pra essas garotas, de que outro modo...

Meu estômago e pernas respondendo; garotas sem rosto saídas do Queens ou de onde quer que seja, exatamente como eu; eu sou uma delas. Mas *eu* ele ama, *eu* ele permite enfiar o rosto sob o braço dele, para *mim* ele acende um cigarro com olhos cuidadosamente semicerrados e coloca-o entre meus lábios, minha boca entreaberta, esperando pelo que ele colocará nela em seguida. Língua, um gole de vinho, o pau dele, um dedo, um quadrado de chocolate amargo, dois dedos, quatro, metade de um cogumelo *sauté*, língua, pau de novo. Para *mim* ele coloca um Camel aceso entre lábios abertos, eu o faço luzir no escuro, nossas pernas úmidas grudadas enquanto ele diz, a voz baixa e preguiçosa:

– De que outro modo você conseguiria tirar as Beverlys do Queens?

Mais quinze minutos antes que eu tenha de ir trabalhar. Programada por ele, tão precisamente como se ele soubesse o que eu preciso fazer – o que ele não sabe, não em detalhes.

– Se você não está conseguindo trabalhar...

A doce, lenta dor de rendição no meu estômago, coxas quentes e pesadas. Ontem, quando terminávamos o jantar na mesa dele, uma criança de uma janela próxima cantava uma balada sem sentido: alta, desafinada, alegre. Eu grito:

– Quem é o moleque irritante?

Ele ri. Ele gosta quando ergo a voz, ele ergue a dele tão raramente. A criança cantando não me ouviu. TUDO QUE É ALHEIO OU NÃO PERTENCENTE A UMA ÉPOCA ESPECÍFICA. A época é o meio de um verão nos anos 1970. O que não pertence à época sou eu.

Quando a previsibilidade do meu orgasmo foi absorvida pelo meu cérebro, já era, é claro, há muito conhecida pelo meu corpo. Não havia como negar o poder que esse homem tinha sobre mim. Como um brinquedo de corda bem-feito, sempre que ele me punha em movimento, eu gozava. A vontade de fazer ou não fazer amor eram estados de que eu me lembrava como se lembrasse de um livro. Não era uma questão de insaciabilidade, mas da inevitabilidade da resposta. Ele fazia o que fazia e então eu sempre, inevitavelmente, gozava. Só os prelúdios variaram.

Estou voltando com pressa do banheiro, onde rapidamente escovei meu cabelo, lavei as mãos e passei batom. Virando o corredor rapidamente e atravessando-o até meu escritório, ouço um colega atender a linha noturna. São 18h15, a reunião das 16h terminou alguns minutos atrás. Assim que alcanço minha mesa, pronta para pegar minha pasta e sair, o telefone começa a tocar.

– É pra você, amor – diz uma voz alegre. Somos bons amigos desde que começamos a trabalhar aqui no mesmo dia, há sete anos. Há um clique e a linha externa está aberta.

– Vamos, hora de sair daí. O Chelsea, quarto…

– Nem sei onde fica isso – eu digo.

– Qual o problema, você acabou de sair da Penn Station?

– Estou nessa cidade há tanto tempo quanto você.

– Eu sei, querida. O problema é que você não consegue se localizar nela.

– Consigo, sim! Mas não tenho por que conhecer cada hotel de quinta categoria!

Estou curvada sobre a mesa, cabelo caindo de cada lado do meu rosto como um antolho em um cavalo. Seguro o telefone na mão esquerda enquanto o lápis na direita desenha, lenta e cuidadosamente, ao redor de HOTEL CHELSEA, rabiscado na parte de trás de um bloco de notas; quando a linha de cima, que consiste de pequenos x's precisos, está completa, eu reforço os traços verticais no H, para cima e para baixo, para cima, para baixo de novo, sorrindo fixamente, a voz dele falhando:

– ... nunca ouvi... ficou lá? ... todo nova-iorquino... um marco. Meia hora.

O taxista nunca ouviu falar do Hotel Chelsea. Ele o encontra com a ajuda de uma coleção desmantelada de páginas que não são mais mantidas juntas por uma capa, algumas delas embebidas em graxa, manchadas tão inteiramente que fico impressionada com a rapidez com que ele decifra as letras. Não é uma viagem longa.

O pequeno saguão está apinhado de móveis destoantes, as paredes cobertas com pinturas empoeiradas, todas elas feitas, parece, nas últimas duas décadas. O único ocupante, além de mim e de um homem atrás do balcão, é uma mulher que está sentada em um banco preto almofadado com vinil em ângulo reto a uma lareira. O rosto profundamente enrugado dela é uma máscara em uma cabeça tão pequena que parece encolhida. Os saltos altos dos sapatos abertos estão polvilhados com *glitter* verde.

Meias estampadas desenroladas expõem panturrilhas brancas, elegantes como as de uma dançarina adolescente; algo que parece uma etiqueta de soldado está pendurado em um cadarço contra a camiseta dos Knicks, enfiada pra dentro de uma saia de tweed. Ela está lendo uma HQ do Homem-Aranha; no seu colo, *Pássaros da América do Sul*, um grosso livro de biblioteca. Eu relutantemente paro de encará-la.

O elevador é pequeno; o corredor no qual ele me deixa, sombrio. Com cuidado, me inclino sobre o balaústre ornado de ferro. Séries sem fim de corrimãos mergulham para baixo, o poço sem fundo na penumbra. Recuo um passo abruptamente, irritada comigo mesma. Claro que é uma longa descida, penso, são doze andares! Embora tente andar com leveza, não consigo evitar que os saltos das minhas sandálias cliquem alto no chão de pedra. Quando encontro o quarto certo, respiro fundo, feliz ao fechar uma porta contra o silêncio e o fosso da escadaria lá atrás.

Desta vez não há pacotes empilhados na cama, nem recados. Seis ganchos de lojas de variedades, do tamanho que compro para pendurar a maioria das minhas lembranças leves, repousam como insetos em intervalos regulares em paredes que precisam ser pintadas. Os quadrados brancos sob eles fazem o espaço ao redor na parede parecer ainda mais cinza e dão ao quarto um ar de ter sido recentemente evacuado – um lugar onde alguém vivia, abandonado com pressa, sem tempo para fazer as malas, fotos de família em molduras baratas rapidamente puxadas das paredes. Há uma barata morta do lado da torneira de água fria ao fundo da pia do banheiro; uma menor perto do ralo da banheira.

Eu me sento sobre o chenile laranja que cobre a única cama e faço o colchão afundar abruptamente. Apoio minha pasta contra minha perna e não tiro a alça do braço direito, mas aperto minha bolsa sob o cotovelo e seguro a alça, meu braço esquerdo cruzado diagonalmente sobre o peito.

Finalmente, o telefone toca.

– Tire a roupa – ele diz. – Tem uma echarpe na primeira gaveta, amarre ao redor dos olhos.

O quadrado de algodão branco, tecido frouxamente com uma borda de pequenas flores rosas – presente de duas amigas, três aniversários atrás – está dobrado cuidadosamente no canto esquerdo da gaveta. Tiro minha camiseta azul-escura e as calças de linho, desabituada ao processo de tirar as roupas com as próprias mãos.

A porta abre. Ele a fecha atrás de si e se inclina contra ela, os braços cruzados. Sinto meu sorriso congelar, degelar e desaparecer em uma sucessão rápida. Ele dá três passos até a cama, puxa a colcha e o lençol de cima das minhas mãos, do meu corpo, da cama, me dá um tapa tão forte que eu caio de lado, me esparramando no chão. Por um momento, fico desorientada.

– Não chore agora – ele diz, a voz neutra. – Isso vem depois. O que eu te pedi pra fazer era uma coisa simples.

– Esse quarto é assustador – eu digo. – Não aguentei ficar sozinha aqui dentro sem enxergar.

– Você não aguenta quase nada. Comigo lá fora, não ia te acontecer muita coisa.

– Não sabia que você estava...

– Só faça – ele diz. – Estou cansado de falar.

Eu dobro a echarpe e a amarro atrás da cabeça desajeitadamente. Ele enfia um dedo entre a echarpe e a sobrancelha, então mais dois dedos; desamarra e refaz o nó ele mesmo. Não consigo mais ver a fenda de luz ao longo da borda inferior. Há um barulho de celofane, um pequeno rasgo de papel, o clique do isqueiro dele, um cigarro na minha boca. Ele dobra os dedos da minha mão esquerda na forma necessária para segurar um pequeno cinzeiro – parece de vidro. Depois de fumar dois cigarros, eu limpo a garganta, abro a boca – mas há uma batida na porta. Ouço os passos dele no chão de madeira, a fechadura sendo aberta, vozes baixas. A segunda é tão grave quanto a dele, mas diferente em qualidade – de uma mulher?

– Demorou... – ele diz mais uns murmúrios que não consigo entender. – Tá bom, então... – e – pode começar.

Durante os próximos dez minutos sou vestida outra vez – por uma mulher, agora tenho certeza: os seios dela ficam roçando contra mim; eles parecem suaves e grandes. Sinto o cheiro persistente de um perfume que não consigo identificar: não enjoativo, embora doce; não sufocante, embora tenha um tom inconfundível de almíscar, e um pouco de verbena, também. Ela tem unhas grandes, é mais baixa do que eu e recentemente bebeu um pouco de uísque e bochechou com Lavoris. Seu cabelo é grosso e volumoso; como os seios, que ficam tocando minha pele.

Tento visualizar as roupas que ela está colocando em mim. A calcinha é pequena, feita de um tecido escorregadio, a borda áspera logo acima dos pelos pubianos. Ela coloca meus pés e pernas em botas que fecham do lado interno. O ângulo no qual suportam os arcos dos meus pé deve significar que têm saltos altos e plataformas grossas. Uma saia é colocada por sobre a minha cabeça, fechada nas costas. Eu movimento o material entre dedão e indicador: é frio e escorregadio como um casaco impermeável revestido de plástico – vinil: estou usando uma saia de vinil que termina, se deixo meus braços dependurados, no nível da ponta dos meus dedos. Um sutiã em seguida.

– Incline-se um pouco, docinho – diz uma voz de fumante em tom conspiratório, como em uma conversa entre amigas. – Vamos fazer o melhor que der aqui.

Eu me dobro a partir da cintura enquanto ela ajusta meus seios, tomando cada um na palma de uma mão, apertando em direção ao meio e empurrando enchimentos embaixo deles, na direção dos braços. Quando ela me manda ficar reta eu passo os dedos sobre o que há acima da renda dura: meus seios se tocam, algo que normalmente só fazem sob as mãos de um homem. A ideia de eles estarem tão extravagantemente posicionados me faz rir.

– O que é tão engraçado? – ele pergunta.

– Olha – eu digo –, se ponha no meu lugar. Você está num hotel, vendada, e alguém que você não conhece te coloca num sutiã de enchimento que você teria feito qualquer coisa pra ter entre os doze e dezoito anos, tirando que sua mãe nunca deixou. Imagine isso e me diga se não te faria rir.

Ele diz:

– Vejo o que quer dizer.

Uma blusa de algum tipo foi enfiada sobre a minha cabeça no meio-tempo. Não tem mangas, termina cinco centímetros sobre a cintura e começa onde meus seios são encobertos pela renda dura. Uma minissaia de vinil, eu penso, uma blusa que mal me contém, botas de plataforma: estou vestida como uma prostituta.

Não tenho tempo de interpretar mais esse enigma solucionado. A echarpe é tirada dos meus olhos. À minha frente, na esmorecida luz setentrional, reluz uma peruca Dolly Parton enorme, louro branca, sobre olhos fortemente maquiados e uma boca marrom-escura brilhante. Um tomara que caia preto, transparente, cobre seios grandes num sutiã de renda preta; uma saia de vinil roxa que termina no meio da coxa, e botas de couro brilhante. Minha gêmea: duas de nós em fantasias idênticas, competidoras em um concurso ainda misterioso. Eu a encaro.

Nenhum dos dois se move. Só quando eu sento na cama rangente – finalmente começando a formular uma pergunta –, ele diz:

– Faça o resto.

O resto, que leva quase meia hora, é uma peruca como a dela e uma aplicação generosa de maquiagem, caixas e tubos e pincéis surgindo um de cada vez de um kit laminado mantido nas entranhas de uma grande bolsa. Embora ela tente, com paciência e perseverança, não consegue colar nas minhas pálpebras os cílios postiços. Não estou acostumada ao procedimento e não consigo impedir minhas pálpebras de baterem histericamente. Em vez disso, ela cobre meus cílios com bolas de rímel, deixando uma camada seca – misturando com sombra verde iridescente enquanto isso – e então aplicando outra camada, e mais uma. Ela contorna meus lábios com um lápis curto e duro, apertando com força; preenche o espaço que delimitou dessa forma com batom marrom-escuro, e então cobre tudo com uma camada de vaselina. Mais algumas batidinhas e cutucadas na minha peruca com um enorme pente fino e ela diz, satisfeita consigo mesma:

– Hora de se ver, linda, o espelho está ali.

Olho para ele. Está sentado em uma poltrona, um tornozelo cruzado sobre o joelho, as mãos no bolso. Não diz nada. Ando lentamente até a porta do banheiro e o espelho, que tem uma rachadura diagonal formando um triângulo reto no canto esquerdo superior.

É uma vista da qual se desvia os olhos quando se está na companhia de um homem; uma vista que se espia rápida e clandestinamente quando se está sozinha e ninguém está te observando: uma prostituta da Eighth Avenue. Não uma charmosa Dama da Noite de um café parisiense saída de *Irma la Douce*, e sim uma puta das ruas de Nova York dos anos 70, desajeitada, com uma pintura medonha, peruca barata e roupas provocantes, tão preparada a servir um cliente como para roubar a sua carteira; a mulher que esconde o rosto com uma grande bolsa de plástico na filmagem de uma batida policial no noticiário das seis.

Eu me viro para os outros... não posso nem sair correndo, eu penso, não vestida desse jeito. Três pessoas se entreolham em um quartinho miserável: duas prostitutas e um homem barbeado, confortável em um terno azul-escuro listrado, uma camisa rosa clara recém-lavada e uma gravata azul-escura com pontinhos brancos.

– Você está espetacular, linda – diz uma prostituta para outra.

– Não estou te pagando para falar – diz o homem na poltrona, cordial.

– Você não gostou de como ela ficou? – a prostituta insiste. – Não é o que você queria?

– Você não fez por diversão – ele diz, ainda amavelmente. – E essas roupas não custaram um terço do que você cobrou de mim.

– É difícil encontrar uma roupa idêntica, peça por peça, e tem também um problema de tamanho, vou te dizer...

– Tá todo mundo a fim de papo hoje, menos eu – diz o homem. – Tire as minhas roupas. E vá com calma hoje, temos todo o tempo do mundo e essa aí pode aproveitar as dicas de uma profissional. Vem cá, senta e assiste. Você pode aprender muita coisa.

Estou plantada no pedaço de chão desgastado em frente ao banheiro. Ela começa a despi-lo – eu nunca cheguei a abrir um único botão da camisa dele – casual e eficientemente; uma mãe despindo um menino para o banho, a criança cansada demais depois de um dia brincando para fazer algo que não ficar quietinha, ela ansiosa para tirar as roupas manchadas dele e colocá-lo na água e então em pijamas e na cama.

Quando ele está deitado de costas, diz – sem olhar para mim, mas para a mulher ao seu lado:

– Senta nessa cadeira, pra eu não ter que ir até você.

Num transe, atravesso o quarto e me sento. Em transe, assisto ela subir na cama flácida; em transe assisto ela se ajoelhar entre as pernas dele. Não consigo não tremer, embora pressione minhas pernas uma contra a outra, os cotovelos nos joelhos, os dedos enfiados contra a fileira superior de dentes. A saia dela se sobressai, dura, expondo o triângulo preto da calcinha e da bunda. Por alguns segundos só consigo pensar em como sua pele é impecável, meu cérebro comentando objetivamente e com uma surpresa polida como as grandes formas da bunda dela criam um conjunto gracioso; a peruca, cachos amarelos volumosos agora colocados pra trás dos ombros dela, paira onde as pernas dele começam. No início só há sons de sucção; depois, ele puxa o ar abruptamente, e então há um gemido. É um som que eu conheço bem. É um som que eu imaginei pertencer a mim – baseado em quê?, penso, baseado em quê? –, que só poderia ser criado pela minha boca, que valia um bilhete de loteria premiado, uma promoção, todo o meu talento e habilidade... meus punhos estão molhados de cinza com rímel diluído. A mão dela está entre as pernas dele; a cabeça dela se move verticalmente em movimentos longos e lentos.

– Isso mesmo... – ele sussurra, e – Jesus...

Há um pedaço de lã de aço amarela no meu punho agora; o ninho inteiro se solta quando eu puxo; eu o lanço para trás, ambas as mãos fechando no cabelo dela – liso e castanho, com nítidas mechas cinza.

– Que porra...?

Ela se ergue em um tropeço; uma visão de corpos turvos, e então ele está sentando na beira da cama. Sou dobrada sobre a coxa esquerda dele, sua perna direita apoiada sobre a parte de trás dos meus joelhos, sua mão esquerda aferrada ao redor dos meus pulsos, que pressiona contra minhas costas. Ele empurra o vinil crepitante pra trás e diz:

– Me dê o cinto.

E enfia os dedos entre o elástico e a minha pele, puxando a borda áspera da calcinha até as minhas coxas.

Estou rangendo os dentes num terror cego e com uma fúria que me é nova. Não vou, não vou, ele pode me bater para sempre, não vou fazer nem um som... Uma professora na segunda série dizia a um aluno – um menino rabugento, mais alto e gordo que o resto da turma –, quando ele derrubava um lápis e muitas vezes quando não fazia nada: "Seu pai devia te pôr nos joelhos, puxar suas calças e te dar uma surra". Dito numa voz leve, assustadora como um pesadelo em sua doçura; uma vez por semana uma onda desconfortável de risinhos se erguia sobre a sala silenciosa, 28 crianças de sete anos inclinando a cabeça sobre a mesa com uma vergonha tão inexplicável a eles quanto penetrante. Eu não pensava nessa professora ou na proximidade de pântanos úmidos que ela evocava desde que fui libertada dos cuidados da rude srta. Lindlay e da terceira série. E aqui está, revivido e libertado: mais humilhante que qualquer coisa que ele já fez comigo, a intimidade forçada de pele na pele, muito pior do que ser amarrada a uma cama, do que recuar de medo no chão, algemas e correntes uma gentileza em comparação, a bunda como uma oferenda, sangue rugindo nos ouvidos...

Uma hora, é claro, eu grito. Ele para, mas não me solta. Uma palma fria gentilmente alisa minha pele, dedos traçando linhas de um lado para o outro. Uma mão se move suavemente pelas minhas coxas até onde as pernas dele as seguram com força; segue entre as coxas a partir dos joelhos, vai para baixo outra vez, e então faz outra subida lenta.

– Me dê a vaselina – ele diz – e segure as mãos dela.

Minhas nádegas sendo afastadas, a pressão do dedo dele no meu ânus, uma mão entre as minhas pernas, um dedo escorregadio deslizando com facilidade entre lábios fechados. Tensiono cada músculo. Me concentro nas espirais amarelas rodopiando contra o preto dentro das minhas pálpebras apertadas; ranjo os dentes, enfio as unhas nas mãos, mais frenética agora do que quando ele começou a bater em mim: não posso aguentar isso, assim não, por favor, não deixe que... Meu corpo começa a se mover sob uma pressão lenta que me incita a arquear; logo estou me contorcendo avidamente sob a mão dele.

– Você acha que sabe o que quer, querida – a voz dele, baixa, ao meu ouvido, quase um murmúrio –, mas segue o que a sua boceta quer, toda vez – e um golpe feroz. – Cala a boca dela.

Minha boca coberta por uma mão perfumada, que eu mordo com toda a força que tenho; a echarpe enfiada entre meus dentes e mantida lá firmemente por alguém com uma respiração pesada à minha direita; e minha boca livre outra vez, as mãos dele me acariciando até que meu corpo sucumbe, muito mais rápido dessa vez:

– Por favor, não aguento, me faz gozar, por favor... – o que muda, depois de outro golpe, para um simples. – Por favor...

Meu corpo jogado na cama; os soluços, abafados por um travesseiro, distantes até para mim; uma língua em mim, o travesseiro levantado; o rosto dele acima de mim, mas a língua ainda lá embaixo, rapidamente me fazendo gemer; minha cabeça no ombro dele enquanto ele se alonga ao meu lado, o braço dele me constringindo, seus dedos sobre a minha boca; ela está montada nele.

A uma curta distância, eu e ela nos olhamos enquanto ele goza.

Estou sentada em um assento lateral no metrô. Foram só dois meses, um pouco mais de nove semanas. Estou fora de controle há dois meses. Um garoto está sentado à minha frente, cabelo cacheado caindo sobre a testa redonda, camisa desabotoada, um livro aberto segurado rigidamente em ambas as mãos. Olho para ele com firmeza; meu corpo está líquido, flutuante. Ele me olha de volta, duas vezes já tentou sorrir. Eu não sorrio. Estou consciente do meu novo poder e ele também está. Com certeza não é um poder novo; muito antigo, provavelmente, só que eu não o conhecia: abandono.

Desço na West Fourth Street. O garoto vira o pescoço, abre a boca quando eu retorno o seu olhar, fica de pé com um salto desajeitado, mas as portas já se fecharam.

O garoto no metrô sentiu, de segunda mão. Deve vazar dos meus poros. Nos últimos dois meses passei por um processo de aprendizado sobre mim mesma, algo novo toda noite, uma tendência se tornando mais forte a cada hora; mãos seguradas sobre a cabeça, arquejos rasos, um tique-taque no meu cérebro: "Isso é novo". Um poder novo e consciente: vulnerabilidade, perversa porque (se por nenhum outro motivo) é total, pelo menos tão natural quanto a grama, ou o asfalto em Nova York. Abandono. Me tome, faça qualquer coisa, faça qualquer coisa comigo, me tome, me mate, se te deixa feliz. Mas experimente me amarrar, primeiro. Olhe para mim, meus olhos fechados, o contorno dos seus dedos na minha bochecha, o cabelo úmido onde a gravidade o faz parar enquanto minha cabeça cai contra o travesseiro. Melhor ainda, primeiro fale que vai bater, em uma voz baixa, e me algeme ao pé da mesa e me alimente, agachado. Me faça te chupar entre uma garfada de bacalhau cozido e uma das batatas que você fritou, lentamente entornando a taça de vinho nos meus lábios até que o líquido flui sobre a minha língua, meus olhos fechados – você tem de julgar o quanto a taça precisa ser inclinada, não me responsabilizo. Vinho escorrendo pelo meu queixo; ninguém está enxugando, no começo, e Deus sabe o que vem em seguida: vergões grossos e um grito abafado pela primeira vez. Traçando os machucados, assistindo seu pau ficar duro, assistindo você traçar os machucados, sentindo seu pau ficar duro outra vez, nossos olhos fixos um no outro.

Semanas depois, abafar os gritos não é mais possível. Talvez mais tarde um filete de sangue; como seria apanhar até sangrar? Quando você tem quatro anos, não consegue imaginar o que é ter cinco. Se você nunca gritou completamente fora de controle, não consegue imaginar como é. Agora eu sei como é, é como gozar. Há um som distante que tem a ver comigo e com certeza não tem nada a ver comigo; nenhuma responsabilidade. Meu corpo desistindo, cedendo. Nenhum limite. Sons desconhecidos à distância; não sou responsável.

Anos de fingimento intermitente atrás de mim. O poder de fingir o êxtase, o controle avaro e patético que permite, arfandoarfandoarfando, ah, querido. "Ótima na cama", sussurrou um homem para seu melhor amigo, anos atrás, quando eu estava prestes a entrar em uma sala. Eu nunca gozei com aquele homem, nem uma única vez em dez meses de rolos sem fim, mas ele ficou feliz com as minhas respostas. Vendo-o sobre mim enquanto eu arfava e ele gozava, seus olhos semicerrados, rosto vermelho acima de mim – estou no controle. Não mais. Este aqui me tomou, me abrigou, me subjugou, ele pode ter tudo; e como ele é bem-vindo para mim...

Além de qualquer limite é o título de um pornô na Broadway e Forty-fourth. Além-de-qualquer-limite, como soa bem; ele prometeu que vamos vê-lo.

– Vamos ver vários filmes – ele diz – depois que superarmos essa, essa... fase em que estamos.

Ele está certo. É preciso superar uma fase como esta. Uma visão muito turva; dirigindo perigosamente bêbados em estradas escarpadas, estreitas e sinuosas, usando-as como se fossem rodovias, a 110 por hora, inconscientes da embriaguez e dos limites de velocidade. Ele está me movendo, me conduzindo, passo a cuidadoso passo – nada de bêbado nisso –, lá vai um limite, aqui outro, limites caindo pelo acostamento. Estou flutuando. Depois de três dias ultrapassei meus limites. Por dois meses, estive fora de controle. Há muito tempo já perdi a conta de quantas vezes gozei, quantas vezes disse por favor, não, por favor, ah, não. Imploro toda noite, é maravilhoso implorar. "Por favor o quê", ele diz em voz baixa e me faz gozar outra vez, minha voz distante; não se parece em nada com a minha voz. Eu imploro toda noite, um som feio e rouco que sai da minha garganta, meu estômago líquido, minhas coxas quentes e pesadas; fora de controle.

Escuta, santa-Virgem-Maria, sou como você agora; não preciso ter controle, ele está fazendo tudo, ele vai fazer até que me mate. Mas não pode, não vai me matar, somos os dois egoístas demais para isso. Há tantos jeitos de ir um pouco mais longe, dá para encher uma vida. Vergões grossos e um grito abafado pela primeira vez; estou com ele só há nove semanas e já estamos muito além de gritos abafados. Deve haver tantas coisas que as pessoas podem fazer antes de precisarem ser mortas. Um filete de sangue pela primeira vez – tantas coisas. E o lembrete: se você me matar, vai ter de achar outra; e é fácil achar mulheres como eu?

Aquela noite um filete de sangue manchou os lençóis dele. Ele passou um dedo por cima, então esfregou as últimas gotas na minha boca e assistiu o sangue secar nos meus lábios enquanto acariciava o cabelo molhado de suor na minha testa.

– Você deseja isso de verdade – ele disse. – Você é tão obcecada quanto eu. Algumas vezes durante o dia eu fico insuportavelmente duro, imaginando quão longe a gente vai chegar.

Ele lentamente esfregou as crostas ao redor da minha boca com o dedão.

– Outras vezes fico com medo… – ele riu. – Ei, tem um pouco de torta que sobrou do jantar. Vamos comer e ir pra cama, já são duas horas, você fica impossível de manhã se não dorme o suficiente.

No dia seguinte, depois do café da manhã e enquanto escovava meus dentes, eu comecei a chorar. Ele chamou:

– Pronta?

E:

– Vamos, querida, faltam vinte minutos.

Alguns minutos depois ele entrou no banheiro e colocou sua pasta sobre a tampa da privada. Tirou a escova de dentes da minha mão, secou meu rosto e disse:

– Você tem uma reunião às nove e meia, lembra?

E:

– O que aconteceu, hein?

Ele me beijou nas duas bochechas, passou minha bolsa sobre meu ombro, apanhou a pasta de volta e pegou a minha mão. Trancou a porta do apartamento enquanto eu chorava e nós andamos até o metrô enquanto eu chorava e, num certo ponto, ele disse:

–- Você pegou seus óculos de sol?

Ele os tirou do bolso de fora da minha bolsa e os colocou sobre o meu nariz, tendo dificuldade com uma das hastes, não conseguindo encontrar minha orelha direita.

Quando saímos do trem eu ainda estava chorando. Eu chorei subindo a primeira escadaria e a segunda também. A alguns metros das catracas, ele jogou as mãos para o alto e me virou em direção ao outro lado da plataforma; outra vez para baixo e para dentro do metrô, e para cima do elevador e para dentro da sala, onde ele meio que me empurrou no sofá e gritou:

– Você pode falar comigo, por favor?

E:

– Que porra tá acontecendo?

Eu não sabia o que estava acontecendo. Só sabia que não conseguia parar de chorar. Quando ainda estava chorando às 18h, ele me levou a um hospital; me sedaram e depois de um tempo eu parei de chorar. No dia seguinte, comecei um período de tratamento que durou alguns meses.

Eu nunca o vi outra vez.

Quando minha pele recuperou sua tonalidade uniforme, dormi com outro homem e descobri, minhas mãos paradas desajeitadamente no lençol de cada lado do meu corpo, que tinha esquecido o que fazer com elas. Sou responsável outra vez, adulta em tempo integral. O resultado é que meu termostato de sensações foi quebrado; já se passaram anos e às vezes eu me pergunto se meu corpo alguma vez vai voltar a registrar acima de morno.

Este livro foi composto nas fontes Adobe Garamond Pro e Nuptial Script,
e impresso em papel *Norbrite* 66,6 g/m^2 na Imprensa da Fé.